Everything Ravaged, Everything Burned

一切破碎，一切成灰

Wells Tower

威爾斯・陶爾

目錄

009 棕色海岸 The Brown Coast

049 退隱 Retreat

101 重要能量的執行者 Executors of Important Energies

141 穿越山谷 Down Through The Valley

173 豹 Leopard
197 你眼中的門 Door In Your Eye
225 狂野美利堅 Wild America
281 園遊會 On The Show
329 一切破碎，一切成灰 Everything Ravaged, Everything Burned

棕色海岸

The Brown Coast

鮑勃醒來時趴著身。鳥兒正晨鳴，他的下巴疼痛，內褲裡眞切感到不適。他昨天很晚才抵達，脊椎因爲一路巴士的顚簸而抽痛，吃了兩塊鹹餅乾充當宵夜後就躺在地上做伸展。現在他滿身餅乾屑——壓在赤裸的胸膛下、卡在手肘及頸項汗濕的皺摺處，而最大最要命的那塊他能感覺到深深嵌入在股溝裡，好似有人將燧石箭頭一箭射進此處。但鮑勃發現自己搆不到那塊餅乾，因爲他睡著時誤壓在手臂上，現在手僵麻了。他試著移動手臂，這有如要用念力推動硬幣一樣。頭一次在這空蕩蕩的屋裡醒來，鮑勃感覺時日開始在他身上運作。貼著臉頰的冰冷油氈讓他打了個冷顫，他感覺到下方不遠處，就在沙土下不遠的地方，死神正朝他伸出手。

不過他體內的小齒輪終究開始運轉，將他的身子拽了起來。他靠著牆讓一陣暈眩過去，摳去身後的餅乾屑，隨後走進廚房。他打開冰箱，冰箱空空如也，並散發出一股保溫瓶的酸味。不成形的冰塊躺在冰櫃的製冰盤中，鮑勃撬出一塊塞進嘴裡，味道嚐起來像陳年髒衣服，他一口吐進冰箱和爐子間滿是灰塵的縫隙中。

廚房門外是鮑勃此行要來大肆翻修的庭院。薊類植物和茂盛雜草從磚頭的孔洞裡竄出，發霉的白色塑膠桌椅歪歪斜斜坐落在樹根拱起的高地上。看著這團爛攤子，想到要花多少力氣才能整頓好，讓他有點不舒服。

這屋子曾是他父親和叔父藍道爾的共同財產，現在鮑勃的父親過世了，叔叔藍道爾迫不及待要將房子出售。屋子是父親六年前倉促做成的投資，沒什麼深思熟慮，回想起來父親也沒來過這裡幾次。房子一買下，就直接歸了藍道爾掌管，鮑勃也懷疑他這位小父親十六歲的叔叔，是否對事態的發展早有盤算。

藍道爾住在鮑勃過去住的城鎮，此地往北數小時車程處。鮑勃父親臨終前，藍道爾曾保證會盡其所能讓侄兒安然度過。喪禮後的幾周，藍道爾藉著頻繁登門慰問實現承諾，雖然他的弔唁通常是晚餐時間現身，一直待到將鮑勃冰箱中所有的啤酒乾光為止。藍道爾身上有些地方令人不快，那顆油頭總是留有剛梳過的紋路，而且都年近五十的人了還帶著牙套。

鮑勃跟父親並不親，所以父親的死竟然觸發了他內心深處一股憤怒的倦怠感，使得他對工作及婚姻的熱忱都爲之凍結，其中緣由讓他和妻子薇琪都百思不得其解。他的狀況很糟，除了幾個小小的誤算之外，還闖下三個大禍，需要很長時間才能彌補。先是帶著宿醉上班，在參與搭建的房子犯下災難性的疏忽，事後很快被炒了魷魚。幾周後，他追撞一名當地律師的車尾，造成律師下巴喀擦作響，並說服陪審團這傷勢價値三萬八千美金，這比鮑勃父親留下的遺產還多兩千。最糟糕的是，他試圖透過與駕駛學校萍水相逢的一名寂寞女子幽會，來舒緩這一切不快。但其中毫無樂趣可言，只不過是在一間滿是濃濃貓麝香味的公寓地下室裡，進行了爲期兩周的乏味口角。

外遇開始沒多久，有天鮑勃和妻子開車進城，薇琪抬頭瞧見置物箱上的擋風玻璃留有一個模糊的女人腳印痕跡。她脫下涼鞋，發現印跡和自己的腳不合，於是跟鮑勃說家裡從此不再歡迎他。

鮑勃在藍道爾的沙發上待了一個月，藍道爾才想起可送他去南方。「先到海邊小屋去避一陣子，」藍道爾說，「這鳥事不過是路上的小顛簸，你只是需要點時間來重振旗鼓。」

鮑勃不想去。薇琪在離婚這事上已經開始軟化，他很肯定假以時日，她會對他重新敞開大門。但薇琪鼓勵他離開，事態如此，他覺得最好還是順她的意。不管怎麼說，藍道爾此舉很慷慨，不過當藍道爾將鮑勃送至客運站，並將一張早就寫好的待辦事項遞給鮑勃時，他也毫不意外。

藍道爾的別墅並不宜人——只是棟煤渣磚砌的小屋，粉紅色油漆已開始剝落。客廳鋪的蠟黃色油地氈黏貼不當，也已開始脫落，捲起一條橫跨房間的長縫。木嵌板牆經歷多個潮濕夏季後也已翹起，現在看起來就像崎嶇險峻之地的地形圖。紙條上寫著：「客廳/石膏板！」

沒有窗戶的過道裡，藍道爾懸掛了一些他獵殺的動物標本。有一隻犰狳。還有一個鱷魚腦袋嘴裡探出了一張鹿臉，此乃他叔叔的突發奇想。一塊方形的膠合板上展示了一排風乾的火雞鬚。廚房水槽上方有幅畫有啤酒罐的畫，右下角有藍道爾的簽名。百威的標誌畫得不錯，但他必須將酒罐的中間部分拉寬以容納所有字母，所以罐子中央鼓起，像是吞了老鼠的蛇。

在客廳一個黑暗角落，有座老舊的魚缸在冒著泡。魚缸相當巨大——有棺材那麼長，三英呎深——裡面空蕩蕩的，只有一罐髮油、吸飽水的蝙蝠屍體，以及一些雜物浮在水面上。裡面的水濃稠黝暗，呈現青苔的顏色，但打氣裝置仍穩定地在水缸裡吐出綠色泡泡。鮑勃關掉裝置，然後穿上夾腳拖鞋走到屋外。

他穿過歪斜的庭院，小蜥蜴在腳邊四散。他跟隨海浪的聲音來到院子盡頭，穿過了一片枝椏光禿、狀如鬼魅的松樹林。穿出松林他步上一條鋪滿牡蠣殼的小徑，牡蠣殼反射的明亮晨光讓他緊閉起雙眼。

屋子坐落在一座小島的北角，藍道爾描述這地方時讓他燃起了一絲希望和興奮。他喜歡海灘，喜歡潮水每日往復將沙灘滌淨，喜歡人們來到海邊多半是開開心心的。但當鮑勃來到通往海岸的橋邊過道時，喪氣地發現這個島似乎沒有任何海灘。水陸的交界處是一片泥沼構成的陡峭斜坡，其中蚊群高歌，並散發著沼氣的可怕臭味。巴士上的一個男子曾警告過他：離此最近的像樣海灘是在三英哩外的另一座島上，得花十二美元搭船過去。儘管如此，他原本想能泡泡水也不錯，但在這裡他就得爬過那堆爛泥，滿身泥濘的走回家。他轉過身沿原路折返。

兩名白髮婦女乘著黃色高爾夫球車駛過。「嗨呀。」其中一位對著鮑勃招呼。

「好，好。」他說。

此時小徑傳來金屬碰撞聲，伴隨著男子音量漸增的怒罵。「王八蛋！」出聲的男子彎著腰，上半身掩蓋在一輛龐帝克的引擎蓋下。「噢，真他媽該死！」白髮婦女皺著臉轉頭望著憤怒的男子。高爾夫球車發出低鳴加速，不過也快不了多少。

詛咒的即興樂句持續響亮傳來，鳥兒在喧囂中沉寂。鮑勃發現男子的怒火讓自己的火氣也升高起來。他有股衝動想上前將那根撐著引擎蓋的掃帚棍撥掉，但他沒這麼做。他走過去站在男人身旁。

「嘿，冷靜點，老兄，」鮑勃說，「這兒還有別人呢。」

男子將頭撤出引擎蓋，盯著鮑勃。他的一張臉幾乎全是臉頰，小而扭曲的五官好似是倉促間安上去的。他手裡握著根小槓桿。

「你他媽哪位啊？」男子以困惑多過敵意的語氣問道。

「我叫鮑勃，」鮑勃說，「我住那邊。」

「藍道爾．蒙洛家？我認識藍道爾。我對他的貓動過點手腳。」

鮑勃瞇起眼睛。「動什麼手腳？」

「戴瑞克療法。我是個獸醫。」

「我就知道你不是汽車修理工。」

「我花了三小時把這台交流發電機弄到這裡，才發現跟該死的傳送帶不合。」

鮑勃對汽車略知一二，他查看了一下，發現問題不難補救。戴瑞克在拴緊軸樞螺栓前，沒有正確定位皮帶張緊裝置。鮑勃調整了一下，皮帶就服貼地滑入輪槽中。但因爲電池沒電，車子仍無法發動。鮑勃只好踢開夾腳拖，繞到車後，弓起身使勁推著龐帝克的保險桿，讓車輛藉著速度發動。終於，引擎點著了，車子前衝，留下氣喘吁吁的鮑勃在路上吸了滿口廢氣。

戴瑞克將車調過頭，停在鮑勃身旁。他踩著油門將引擎轉速提高到紅色警戒位置，邊用雙唇模仿汽車的咆嘯聲。

他從車窗遞了些錢出來。「來，小老弟，這是五塊錢。等等，我有七塊。」

「我不收這錢。」

「拿去，」戴瑞克說，「今天都多虧了你。」

「我只是栓了顆螺絲。」

「比我這蠢驢強多了。那起碼進屋喝點涼的消消暑吧。」

鮑勃婉謝，說他想找條路到海邊去。

「嗯，看來等你喝完一杯，大海就已經乾涸了是吧。」戴瑞克說。

「不管怎麼說，現在喝有點早了。」鮑勃說。

「兄弟，現在是下午一點，而且今天是星期六。進來吧。」

鮑勃明白要拒絕這男人將會大費周章。他跟著戴瑞克進入屋內。

戴瑞克家和藍道爾的小屋是同一批粗製濫造的人搭建的，只不過地上鋪的是藍色油氈而不是白色。起碼，這地方有人氣。屋裡散發著新鮮咖啡的味道，同時擺滿了家具。小小的客廳充斥著成套買來的仿古董家具，觸目所及盡是三角楣飾、手榴彈形的加工線條和淋巴結構的紋飾。

窗邊，有名女子坐在躺椅上抽菸看雜誌。她挺漂亮，但在陽光下待了太久，乾巴巴的呈紅褐色，就像一綹火雞鬚。

「鮑勃，這位是克萊兒。」戴瑞克說，「克萊兒，這位紳士對我們的車施了點魔法，就用扳手呵呵這麼一下，現在你來開都可以風馳電掣了。」

克萊兒對鮑勃微笑。「喔，這可不簡單。」她說著和鮑勃握了握手，毫不介意油汙，「剛搬來？」

鮑勃答是，她表示歡迎。她跟鮑勃說隨時來坐坐，大門永遠敞開，她這可不是客套話。

鮑勃跟著戴瑞克進入廚房。戴瑞克從冰櫃裡拿出兩個果醬罐和一個裝著伏特加的塑膠瓶。他對著客廳喊道：「要喝一杯嗎，寶貝？」克萊兒說要，於是戴瑞克拿出第三個果醬罐。他將香檳倒進每只罐裡，再用凍成糖漿狀的伏特加壓下升騰的氣泡。「克萊兒稱這叫『波蘭式假期』。」戴瑞克說著遞了一杯給鮑勃，「她祖先就是打那邊來的，他們可不是開玩笑的。這喝上兩杯，我下半輩子都得宿醉了，但這個她能喝上一整天，隔天早上跟沒事一樣。」

他們回到客廳，鮑伯坐在沙發上。戴瑞克坐到躺椅扶手上，一手摟著克萊兒。

「你做哪一行的，鮑勃？」克萊兒問他。

「算是在休長假吧，我想。」鮑勃說。他喝下一大口酒，胃裡萌生一股酸熱。「大概沒多久就會重新回去做木工，我幹這行有一段時間了。」

「出了什麼事嗎？」克萊兒問。

「我把一些樓梯做錯了，被炒了魷魚。事後，我想該花點時間理清一些事情。」

「這聽起來不對勁——樓梯，」克萊兒說，「怎麼會有人因爲樓梯開除別人。」

鮑勃解釋了一番如何打造樓梯，該如何將每一階都切割得分毫不差等高，即便是十六分之一吋的誤差也會讓人絆倒。「我不知道怎麼了，把中間一階鋸成了六吋，而不是八吋，腦袋哪邊短路了。然後屋主那老頭來查看進度，走下那樓梯時，轟一聲摔到了梯底，弄斷了條腿。事後，一名律師帶了捲尺到現場，事情大概就是這樣了。」

「我就說嘛，」克萊兒說，「只有在美國，才會有人因爲笨得連樓梯都不會走而發橫財。」

「這事我倒不覺得有什麼委屈。」鮑勃說，「那骨頭穿出來蠻大一截的。」

克萊兒聳了聳眉。「那又怎樣。」

他將罐子飲乾，放在桌上。「好了，多謝招待。」他說，「我該走了。」

「嘿，你才剛來呀。」戴瑞克說。但廚房的電話響了，戴瑞克進去接聽。克萊兒將一隻手指浸到酒裡，然後伸進了嘴中吸吮。一條鋸齒狀的疤痕劃過她的手背，在燉肉色的肌膚上呈現顯眼的鮮嫩粉色。

「你應該多待一會兒，有早午餐吃。」她說，「我會煎蛋和做鮭魚餅。」

戴瑞克從廚房回來，手上拿著無線電話機在講，聲音專業而響亮。「你說什麼？你檢查過了嗎？能看到頭嗎？嗯哼。是紅色還是發白？對，那很正常。聽起來牠準備好卸貨了。我馬上過來。」

戴瑞克回到客廳。「得開車過橋一趟，」他說，「得去把某個東西從馬屁股裡拽出來。」

「什麼樣的東西？」鮑勃問。

「我希望是一匹小馬。」

離開前，戴瑞克指引鮑勃如何穿越庭院去到海邊。現在天氣熱得多，陽光像是布簾後的探照燈般穿過灰色天空直射而下。鮑勃走過死氣沉沉的花園，受鹽分侵蝕的籬笆在他經過時嘎嘎作響。他拖著腳上的夾腳拖鞋啪啦走著，因爲那杯酒而暈頭轉向，高溫而起的頭痛隱隱將至。來到一個陡峭沙丘的頂端，他停下腳步，瞧見了海。水面呈現藍綠相間的條紋，布滿微風颳起的片片水波，就像一塊經過千般錘打的巨大銅板。坡底處，一長條平滑岩塊延伸幾百英呎直穿入波浪中。

鮑勃要下沙丘，但這面也很陡峭，最簡單的辦法是屁股著地滑下去。到達底部時，他的短褲裡滿是沙礫，腳趾間纏著一束束海草。

他沿著那突出的岩塊攀行。風颳去了當日凝滯的溼氣，吹乾了他臉上和胸口的汗水。他將鹽味吸進肺腑，品味著胸膛內純淨的酥癢。他碰了碰水下如女人長髮搖曳的水草，蹲伏觀察藤壺，看著牠們細小羽狀的觸手盲目撈捕著看不見的獵物。

離水岸不遠處，鮑勃差點踩進岩間一個頗深的潮池。池子有浴缸那麼大，深不可見底。一對深紅色的海星緊緊貼附在池邊。他將海星撈了出來，拿在手裡堅硬刺人，但看上去很漂亮，他心想或許可釘在什麼地方當作裝飾，於是兜起 T 恤下擺將海星丟了進去。準備繼續往前走時，他看見藍色深淵中有什麼在移動——是條魚，起碼有四磅重，而且美得不可方物，幾乎跟海水一樣呈深藍色，就靜靜待在水中，緩緩擺動牠亮黃色的鰭。這是那種觀賞用，而非食用的魚，在水族店會讓你砸上一大筆錢的那種。鮑勃將海星拋在岩石上，蹲踞在坑邊，將手伸進水裡。那條魚沒有動，即使他的手指下伸到牠身邊時也沒動，但等他動手抓牠，牠便一溜煙竄到了池子另一頭，然後又只是靜靜待在那兒，慵懶地搧著魚鰭。

他躡手躡腳潛伏到魚的身後，沿著坑洞的東緣繞行，以免影子投射到池面上。接著他再次把手伸進水裡，但沒有立即大動作撈抓，而是用左手撐在坑洞邊緣，身子前傾，讓一絲唾沫從嘴唇間垂下。白色唾珠滴在水面上時，那條美麗的魚抬起了頭。猶疑片刻後，牠浮上水面吃掉唾沫。鮑勃猜想魚在坑裡餓壞了，所以才這麼無精打采，並在離水面不遠處徘徊，滿懷期待等著再一頓午餐從天而降。鮑勃又吐了口唾沫，貪婪的魚一口吞下。接著，他從喉嚨深處哈起一口濃唾，慢慢朝水面垂降。魚全神貫注地靜待著。隨著唾沫接近水面，鮑勃一隻手潛到了靜止的魚身下，猛地一挑，出他意料地，整條魚就這麼被拋出了水池。那條魚在岩石上彈跳掙扎，鮑勃感到一陣驚恐竄過全身。他扯下 T 恤，浸到水裡，然後將撲騰的魚身包裹起來。隨後他將不斷彈跳的魚緊緊揣在懷中，全速衝上沙丘。這是一種極端強烈而充滿生命力的感官刺激，鮑勃一度懷疑這是不是近似於女人肚中懷著孩子時的感覺。

鮑勃跑過戴瑞克的庭院。克萊兒正穿著比基尼在水泥門廊上。她朝他揮了揮手，他喊了聲嘿但沒有停下腳步。只見他手提著夾腳拖鞋，咒罵著腳下的牡蠣殼，飛奔而去。

他回到住處，撞開紗門，將魚倒進水族箱。魚沉入水中，接著再緩緩浮到水面處，一隻空洞的眼睛盯著鮑勃。

「嗯哼，不行，老弟。」鮑勃以堅定而同情的語氣對魚說。

他用手掌托住魚身，掬起汙水潑過牠的鰓，很快牠又扭動起來。他將那罐髮油跟蝙蝠屍體撈出來扔在地上。先前在岩石上弄破了部分精緻尾鰭的魚，無動於衷地漂到魚缸另一端，嚙咬立在角落的一支鉛筆。

鮑勃用錫製平底鍋作杓，舀出大部分的綠色腐水，只留下剛好可以淹蓋魚的水量。他又將剩餘的垃圾清乾淨：包括一些瓶蓋、一個洋娃娃的頭，以及差不多三美元的硬幣。隨後他從廚房拿了一個湯鍋，到海邊去盛裝淨水。他花了四十五分鐘，捧著水花四濺的鍋子爬上坡再返回海邊盛水。但當魚缸裝滿，鮑勃往後一站端詳，只覺心滿意足。

魚兒滿足地繞圈游，似乎不介意隨著海水一同到來的小白蟹。魚缸接縫處有點滲水，鮑勃用流理台下找到的封膠盡力修補了一番。接著他徒步到雜貨店買了兩種魚飼料。買回來後，他兩種都各撒了一小撮到魚缸中，看魚偏好哪一種。

當晚他向戴瑞克與克萊兒借了一張折疊床，架在客廳。並在水族箱後方擺了一盞燈，打亮燈光。他不喜歡這屋子，不喜歡其散發出的隔夜餐氣味，不喜歡蟲子隨意從沒裝紗的窗子飛進飛出鬧得整間屋子嗡嗡作響。躺在那兒等待睡意降臨時，望著魚讓鮑勃尋得了些許平靜，那魚如此巨大而安寧，懸浮在發著光的水中。有一段時間，牠緩緩地在玻璃缸中巡游，並用一隻碩大、鑲金邊的眼珠窺視著鮑勃。然後突然間，牠停在水缸中央，打著顫，開始從嘴裡吐出一個半透明的乳白色氣囊。鮑勃從折疊床上坐起，滿懷敬畏地看著那條魚。氣泡在水中震顫，但維持住了外形。等氣泡膨脹到籃球那麼大，魚兒滑了進去，並隨即看似陷入夢鄉。

早上鮑勃來到庭院。這院子已經沒救了。藍道爾含糊承諾過的微薄薪水光是除草都嫌太少，如果眞按清單上的指示，挖開那些地磚再將地面鋪平，那他就是冤大頭了。不過，他覺得還是可以拔拔幾根野草，好讓自己理直氣壯地在海邊看著潮水往復度過漫長的午後。

這工作讓人惱怒，先是針對藍道爾，在擁有這院子的過去六年間，他顯然連拿把掃帚掃下庭院都懶；然後是氣自己，讓人生退入如此境地，被迫重拾起多年不曾幹過的體力活。鮑勃曾協助建造了五棟房子，從地基到屋頂全程參與。他也爲自己跟薇琪蓋了間屋子，她看見屋子落成時笑得不可遏抑，因爲屋子看上去實在美不勝收。他跟她曾擁有多麼高貴體面的生活啊。而他現在又將自己投進了多麼不堪的場面中：四肢著地，像動物一樣在荊棘和野櫻桃間爬行，黃色的櫻桃果實在手上留下口臭的味道，毒辣的陽光打在身上，四周沒有人同情他裂開的雙手，或爲他奉上一杯清涼的冷飲。

除光了雜草，院子看起來也不怎麼樣。是變整齊了，但一塊塊樹根隆起處也更明顯及刺眼。這景象似乎是在羞辱他已經完成的工作。他邊瞧不起自己，邊著手整理地磚。他將磚頭挖起堆疊在一塊，然後處理下面的樹根，新生的白色樹根用手拔，粗壯的松樹根則用藍道爾生鏽的斧頭砍。剩餘的一天就這麼過去，下午停工時，鮑勃全身痠痛，臉頰和手臂都曬脫了皮。他進屋拿放了許久的即溶水果沖泡飲兌水喝，但還是嚐得到自來水中的硫磺味。隨後他朝海邊走去，隨身還帶著那個湯鍋。

戴瑞克人在院子裡，鮑勃後悔沒從戴瑞克家的另一頭穿過灌木叢。但戴瑞克已從椅子上起身，揮手招呼鮑勃過去。他戴著一頂綠色的塑膠遮陽帽，穿著一條鮑勃在男人身上見過最小的牛仔短褲。「嘿，老兄，」戴瑞克說，「要去做啥?」

「想去泡泡水。」鮑勃說，「跟奴隸似的忙了一整天。」

「忙什麼？」

「把狗屎搬上搬下。」

「聽起來不錯呀。」戴瑞克說，「我今早五點就起床了，幫一頭脫肛的豬做縫合手術。那個鍋子是做什麼用的？」

「不知道，」鮑勃說，「或許會放些海洋生物進去。」

「哈。等一下。」戴瑞克進屋，出來時手上拿著一柄鋁製把手的褪色綠魚網。「拿著。如果不介意，我跟你一起去。」

鮑勃聳聳肩。

他們倆滑下沙丘，來到那塊礁石上。太陽看上去圓潤橘紅，像顆罐頭桃子。鮑勃將一隻腳浸到溫暖的水中。

「我要下去。」鮑勃說著解開皮帶。

戴瑞克正在岩石上試著擦拭掉一處髒污，並漸漸感到不耐。「下到水裡?游泳嗎？」戴瑞克問。

「是啊。」鮑勃說。他脫去短褲，步入水中。

「什麼，裸泳嗎？」

鮑勃沒回答。他伸出雙臂探入水中，海水如嬰兒油般濃稠溫暖。即便靜止不動，海水也托載著他，不讓他下沉。

「好吧，」戴瑞克說，「但不許嘲笑我的小鳥。」

他脫了褲子。鮑勃瞄了一眼他兩腿間那可悲的小零錢包，別過頭去。那是戴瑞克的問題，鮑勃不想知道。他朝海浪游去。

海床下陷得很快，只游出幾呎，他的腳就踩不到底了。他潛入碧綠的海水，在陽光的熱度無法抵達的冰涼包覆中漂浮了片刻。只要能找到逗留的法門，這地方會是個不錯的所在。但他的肺裡充滿空氣，很快就感覺到水面在背上破開。

克萊兒正穿過草叢尋路而來。她穿著毛巾布裙和豹紋比基尼上衣。她朝鮑勃揮了揮手。

「退後，克萊兒。」戴瑞克喊道，「鮑勃是裸體主義者，還把我也拖下水了。」

「明白啦。」克萊兒說。她有如無畏的運動員，滿不在乎地脫去比基尼，拉下裙子。橫跨雙乳及橢圓形臀部的肌膚看上去有如石蠟般新鮮、柔嫩、蒼白。鮑勃漂浮在礁岩的頂端處，邊用酸痛的雙手滑著水，邊望著她。他看著她悠然沒入綠色波浪中。

他思索了一會兒橫亙在自己和妻子間的遙遠距離，以及要重新彌合這段距離所需要的付出。那將需要非常多的對談、非常多的努力，比整理一百個院子還要累。這個念頭令人沮喪，鮑勃帶著那股沉重滑進水下。

夕陽西下時，鮑勃爬出水面，穿回短褲。戴瑞克與克萊兒還在遠處波濤間，腦袋隨著海浪起伏時隱時現。

他來到岩塊的水坑邊，發現上一波漲潮讓坑中塡滿了驚人的東西。朱紅色的米諾魚群形成一圈震顫的光暈懸浮在近水面處。岩壁上攀著一隻藍色小章魚，不比一個小孩的手掌大，正朝著一隻黃色蝸牛行進。鮑伯拿起漁網，米諾魚輕易從網眼間溜走，但當鮑勃指向章魚，牠驚慌失措直接竄進了網中。他將章魚放進鍋中，隨後用手指捻起那隻鍋牛。

戴瑞克爬出水面，過來瞧了瞧。「加勒比珊瑚章魚，」他說，「牠們多半棲息在這裡的南面，但當海水開始轉冷，就像現在，洋流就會有些紊亂，並將這些有趣的小動物飄送到這裡。」

暴風雨形成迷濛的簾幕正從西邊而來。克萊兒爬出水面，如同長腿跑者般蹲身保持平衡，也避免膝蓋擦傷。隨後她彎腰用手指圈住一邊深色的大腿，手順著腿往下滑，將水如同一層銀皮般剝去。鮑勃看著她用同樣的方式弄乾另一條腿，其中的美讓他喉頭一癢。趁著戴瑞克還在說著海洋生物與洋流，鮑勃握起拳頭對著咳了咳。

「還有，那邊有個哈蘭山脈，一個綿延大約一英哩的水下小山脈，那會將部分墨西哥灣流切開，並將一些小洋流送到我們的海灣來，很多海洋生物也跟著一道來了，一年到頭都有。燕魟啦、海龜啦、鮋魚啦，都是迷路或誤闖的不速之客，不屬於這裡。」

克萊兒將一隻手搭在戴瑞克肩上，一邊舐去上唇發白的海水水珠。

「還記得去年嗎，那條劍魚？」克萊兒說。

「是鯕鰍，」戴瑞克說，「嘿，那可是深海魚，但就在我們眼前，大約有一碼長。我們用椰奶煮了來吃。老兄，這些年來，我大概從這坑裡吃了價值一千美金的好料，沒唬你。這是個很深的洞穴。前陣子我丟了個四十呎的……你看著……」

他突然住口，從鮑勃手裡拿過漁網。一條約十八吋長的土黃色鰻魚出現在池子遠邊。戴瑞克踮起腳尖潛伏到鰻魚所在處，漁網猛地一抄將其撈了出來。

「美洲鰻鱺，」戴瑞克說，「就是美洲鰻。這條有點瘦小，但還是可以烤來吃。」

「哦哦，不行，」鮑勃說，「放進來，我想留著。」

「你了解這些傢伙嗎？」戴瑞克問，依舊高舉著那條被網住的鰻魚，「這個和歐洲鰻都是孕育於馬尾藻海1，有些順著墨西哥灣流來到這裡，有些則一路游到了歐洲。都是同一種鰻，只是看你在哪邊捉到的。」

戴瑞克說話時，鰻魚掙脫網兜，快速蠕動朝水而去。戴瑞克慌忙追上，用手將魚引回網裡，過程中鰻魚在他拇指上狠狠咬了一口。戴瑞克一邊咒罵，一邊將鰻魚甩進鍋裡。

「這該死的渾球現在不歸你了，鮑勃。」戴瑞克吸吮著指甲說，「牠要去會會滾燙的炭火。」

但鮑勃還是端起鍋子，走上了沙丘。

一周緩緩過去，鮑勃培養出良好的生活節奏，白天工作，傍晚要是有興致就去和鄰居閒聊，沒興致就到海邊消磨時間。他帶回了很多東西放水族箱：寄居蟹、幾隻海馬、一條小角鯊。有天他和戴瑞克開著龐帝克到海岸另一頭的碼頭，用豬皮沉底釣法抓墨西哥擬海鯰。他們將抓到的魚都帶回藍道爾的屋子，克萊兒也過來了。當她瞧見鮑勃的水族箱，驚訝得舉手掩住嘴巴，說不敢相信他從海裡撈出了那麼多玩意兒。接著她將鯰魚放到一塊兒開始清理。她說小的時候父親總是要她料理抓到的魚。那時候她痛恨這種苦差事，但如今卻從中尋得了滿足感。

鮑勃從院子中看著她將魚頭釘在一塊膠合板上，然後將電壺中的滾水澆上去。隨後她用

1 馬尾藻海是北大西洋中部幾條主要洋流圍出的一個特定區域，因海面漂浮大量馬尾藻而得名。

折疊刀在魚身劃出幾道口子，再用一種特殊的鑷子將魚皮剝下，乾淨俐落，露出其下雪白的魚肉。她將魚肉切成一口大小的方塊，沾上店裡買的麵包粉，再丟進滾燙的油鍋中。

他們坐在庭院中就著紙盤吃。

「厲害呀，鮑勃，這兒被你收拾得眞不錯。」克萊兒邊說邊檢視著他鋪的磚頭。她正在喝第四瓶啤酒，聲音裡並沒有多少熱忱。「我想請你過來幫我打理些東西。我想要弄一扇有窗的前門，或許再裝幾個便宜的天窗。不過要是我們夠聰明，或許就該直接放把火燒了那棟破爛，從頭開始。」

「爲什麼說這種話，克萊兒？」戴瑞克說，「大家開開心心的，然後你就偏得說這種話。」

「唉，實話實說啊。」克萊兒答。

鮑勃沒興趣聽這些。他從嘴裡掏出一根小刺，彈進漆黑的院子裡。「我可能過幾天就要閃人了，」他說，「我走之後或許要麻煩你們照顧裡面那些魚了。」

隔天晚上，他步行到島上小村莊的商店，打付費電話回家。一顆巨大的鹵素燈泡在電話線桿頂嗡嗡作響，五顏六色的飛蛾在黃色強光中翻滾相撞。他將一把二十五分硬幣投進電話機。等了一會兒，一個男人接起。

「嘿，藍道爾。」鮑勃說。

「老弟，」藍道爾說，「怎麼樣啦？」

「我不知道，」鮑勃說，「我整理好了你的院子，也幫櫥櫃上了點漆。」

「謝啦，好兄弟，真是我的救星。本來應該我自己來的，不過你也知道……無論如何，這眞是太好了。」停頓了一下，接著藍道爾朝聽筒打了個噴嚏。「牆板看起來怎麼樣？」

「看起來糟透了，而且不會有什麼改善。」鮑勃說，「我可不打算拿手推車去店裡推一堆石膏板回來。」

「你就不能弄輛卡車之類的？去租一輛？」藍道爾說，「或許他們可以送貨到府。眞是的，我不知道，鮑勃，想想辦法。」

「你在我家幹嘛？」鮑勃問。

鮑勃聽見藍道爾說了什麼，但沒聽清楚。薇琪接過電話問好。

「嘿，薇琪。」他說。

「嗯，還好嗎？」

「噢，好極了。」鮑勃說，「我在院子裡挖到石油了。這裡擺滿香檳和黃金馬桶，還有專人隨時伺候我吃葡萄。不管怎樣，我盡全力去享受了。正要做好準備回來重振旗鼓。」

「呃，」她說，「有些事我們得談談。」

鮑勃問是什麼事，薇琪一開始不肯說。她說她愛他，說花了很多時間在爲他擔憂，說爲他那些不智之舉感到同情，說少了他的陪伴自己並不喜歡，但是，儘管她絞盡腦汁，仍然想不到現在重新接納他的理由。以冷靜、律師般的口吻，她詳列了一長串鮑勃的缺點。聽起來，一切連同日期和證人她全都白紙黑字寫下來了，最不堪的地方還畫線標註。鮑勃聽著一字一句，感覺自己逐漸發冷。

他瞧見一隻老鼠從汽水機後面跑了出來，正在啃著一張優惠券。

「你爲何不跟我說說，藍道爾在我的地盤上幹嘛？」他說，「我們何不來談談這些？」

「乾脆我們什麼都別談了，」她說，「我忘記你是哪位的時候要快樂得多。」

鮑勃嘆了口氣，開始笨拙又牛調子地連聲道歉，但薇琪沒有回應，他猜她將聽筒從耳邊拿開了，她母親來電時他就見她這麼做過。隨後他又重拾他叔叔的話題，感覺理直氣壯，並開始大肆宣稱要是他叔叔再多管閒事，他準備怎樣讓他好看。

「你何不將這些寫在明信片上，鮑勃？」她說，「嘿，聽著，我要去煮麵了。玩得開心點，好嗎？保持聯絡。」

「喂，聽著，該死……」他還沒來得及說出任何原本打來真正想說的話，薇琪就掛斷了。

鮑勃在落日餘暉幾已死滅中徒步回家。他經過鎮上一間酒吧，聽見男男女女的笑聲。他在商會轉彎，那其實只是間改造舊車庫，掛了塊小木板作招牌，上面燙了幾個歪歪扭扭的字母。過了郵局，鮑勃踏上通往家的路，一路走進夜色中。

戴瑞克來的時候鮑勃正準備上床。他沒敲門就一把推開。「哎，不是吧。」鮑勃大聲脫口。戴瑞克叉開兩條腿，踉踉蹌蹌走進屋。瞇著眼打量房內一兩秒之久，才看到鮑勃坐在折疊床上。

「起來，」戴瑞克說，「你和我進城去。」

鮑勃嘆氣。「老兄，回家去。」他說，「克萊兒呢？」

「去他的克萊兒，」戴瑞克說，「我跟你說，她詛咒我。她不尊重我，對我說話時一副窮凶惡極的樣子。管她去死。來，我們開車去可可海灘找人打啵睡覺。」

「坐下，」鮑勃說，「我給你弄杯喝的。」

「好主意。」戴瑞克說。

鮑勃進廚房弄了一壺即溶水果沖泡飲，倒一些進杯中。回到客廳時，戴瑞克已經在地板上睡著了，在酣眠中小聲打著呼。鮑勃沒辦法叫醒他，於是讓戴瑞克翻身側躺著，再給他蓋了條毯子，然後自己在折疊床躺下。

克萊兒敲門時，鮑勃正要沉入夢鄉。她自行開了門，探頭進來。

「他在那邊，喝得很醉。」鮑勃說，「我推了他好一陣子，醒不過來。」

她進屋。「就讓他躺著吧。」她說，「我帶了這東西給你。」

她點亮一盞燈，手裡拿著一個裝滿水的沙拉碗。有個斑斑點點的褐色玩意兒躺在碗底，軟綿綿的軀體上長有紅色刺狀突起。在鮑勃看來，就像某個吃紅寶石的傢伙拉出來的排泄物。

「這什麼？」鮑勃問。

「不確定。海蛞蝓吧，我猜。今天發現的。」她說，「醜得要命，對吧？少說也許可以讓其他魚多點自信。你要嗎？」

「好啊。」鮑勃說。

她把水族箱的蓋子推開，將那玩意兒倒進去。接著她輕手輕腳走到鮑勃的折疊床邊。「你沒勁了嗎，還是想混一下？」

他的手滑進她膝蓋後面的凹處，然後抽了回來。她跪在他身邊。他將手伸進她髮下，攏著她後腦袋，她喉頭深處發出一聲輕柔放鬆的聲響。

「想要我跟你進裡面去嗎？」她說。

「想，但別這麼做。」鮑勃說。

「為什麼？」

他沒回答。她皺起眉頭等了一會兒，隨後關上燈，在她丈夫身旁的地板躺下。

鮑勃醒得很早。克萊兒大聲打著鼾。空氣因她和戴瑞克的呼吸而滯悶且充滿酒氣。她蜷縮在戴瑞克的臂彎裡，拳頭握著他的一隻大拇指。鮑勃起身時，她的眼睛睜了一下又閉上。

太陽仍低掛在天空，陽光斜照進窗，房間沐浴在脆弱的光線中。鮑勃瞥了眼房間另一頭，發現他的水族箱有些不對勁。他沒看到鰻魚和那條有著黃色長鰭的漂亮魚。他走過去才看見牠們全都浮了起來，在魚缸水面形成一條搖晃不定的屍體帶。空蕩蕩的水中只剩下克萊兒帶來的蛞蝓狀生物。只見牠伸展彎曲，在玻璃後獨自愉快地漂游。

鮑勃覺得要吐了。他握緊拳頭，使勁朝玻璃中央摜去。一下不夠，所以他又砸了兩拳，用盡全身的力氣。水族箱朝後擺，然後又往前傾脫離底座，如濕鈸敲擊砰地一聲摔在地上。玻璃碎片四射，已死和垂死的魚兒被沖往房間各處。

水花打到身上時，克萊兒跳了起來。戴瑞克臉頰貼著地板受水沖刷，他坐起身，還沒完全睜開眼睛就吐出一口魚缸水。隨後他低頭看了看停在腿上的寄居蟹，再看向鮑伯與克萊兒，臉上掛著似乎找不到合理解釋的疑惑。他問：「這客廳到底發生什麼事啦？」

鮑勃試圖解釋，但他的喉嚨乾得發疼。一隻玉黍螺卡在他的腳趾下。他彎腰用拇指和食指使勁捏住，直到聽見螺殼碎裂的聲音。那隻蛞蝓躺在牆板邊，被一團毛髮跟線頭纏住。

「克萊兒，我想是你的蛞蝓殺死了我所有的魚。」鮑勃終於開口，同時大力喘著氣。他走過去將那傢伙挑進咖啡杯。

「那他媽的是海參呀，」戴瑞克說，「這些傢伙毒得要命。你不能把這些狗雜種跟別的魚放在一起。等等，呃，這是你帶來的，寶貝？」

「是的，昨天晚上。可是我……」

「眞該死，克萊兒，你爲什麼不把那該死的玩意兒先給我瞧瞧？我肯定會跟你說……」

「沒關係了。」鮑勃說。

「不，老弟，」戴瑞克看著腳邊被毀掉的生命說，「這眞是個打擊，是個令人心碎的打擊。」

「喔，鮑勃，我眞是非常、非常抱歉。」克萊兒說，「唉，鮑勃，我好難過。」

「沒什麼大不了的。」鮑勃咕噥。

「眞是個邪惡的傢伙。哎，鮑勃，」克萊兒說，「拿去馬桶沖掉吧。」

「在牠屁股抹上鹽，要牠付出代價。」戴瑞克說。

鮑勃卻對這隻蛞蝓心生好感。要是他生爲海洋生物，他覺得上帝八成不會讓自己像腳邊那條美麗的死魚一樣披著藍色跟黃色的魚鰭，或者將他放進鯊魚或梭魚或任何那類精良的毀滅者身軀中。不，他可能會是這隻海參的同類，有著穢物般的形象，背負著噴出有毒物質的詛咒，注定將漂近身邊的一切美好事物統統摧毀。

「不，我要把牠丟回海裡去。」鮑勃像哨兵舉著蠟燭般將杯子舉在身前，走出後門。克萊兒與戴瑞克跟在他身後，討論著聖文森德保慈善店那邊的二手水族箱，以及周一要去那邊幫鮑勃弄到五十加侖水族箱的全套裝備，由戴瑞克買單。

「沒錯，我們會去買。」克萊兒說，「我們還要去杜貝寵物世界，幫你弄到各式各樣真正的好東西，比你之前的那些都還要好。」

「再說吧。」鮑勃說，聲音聽上去非常遙遠。

他們抵達石堤盡頭時，驚訝地瞧見一艘雙體帆船從島的峽灣側搖搖晃晃駛來，滑過海燕麥與沼澤蕨叢進入乾淨開闊的水域。一名年輕男子蹲踞在船舵邊，是個高興而能幹的船長，手肘揚起，粉色拳頭置於寬闊的大腿上。船身間展開的黑色吊網中央，年輕男子的女友盤腿而坐，在用一根短吸管啜飲柳橙汁。女孩套著黃色男子扣領襯衫，胸前鬆鬆打了個結，露出裡面白色的比基尼上衣，在晨光下耀眼奪目。兩人互相朝著彼此眉開眼笑，好似共享著無傷大雅的密謀，一看就是年輕人成功從乏味的家庭假期中逃脫的神情。繞過礁石的時候，他們有禮地朝站在那兒的三人揮手，彷彿鮑勃、戴瑞克和克萊兒是特地齊集在那裡，要爲這對姣好的情侶獻上祝福。

克萊兒與戴瑞克報以微笑，搖了搖手。鮑勃·蒙羅也在微笑，甚至當他垂下手臂，以靈活的下手拋投將海參高拋到藍金色的早晨晴空中時，仍面不改色。那一擲又高又遠，要不是一陣從陸地吹來的暖風將帆船推離海岸，那隻生物搞不好已落在那個漂亮姑娘的大腿上了。

退隱

Retreat

有時候，有時候，在灌了差不多六大杯酒之後，打電話給我小弟倒像是個理智的主意。需要相當多的溶液才能沖淡那些晦澀的回憶，好比說我九歲的生日派對，史蒂芬當時六歲，在昂斯泰德公園的金魚池邊他跑到我身後，一把將我倒栽蔥推進了黑暗中。水深只到膝蓋，因此我還手腳並用掙扎了一陣，才完全趴在水裡。我的朋友們笑到流淚。母親將史蒂芬抱到大腿上，用梳子的硬面揍得他屁股通紅。而這在我的賓客眼中，只證明了史蒂芬是個英勇的小喜劇家，願意爲了他的藝術犧牲。

或是十一年級那時候，在我們高中公演的《火爆浪子》（Grease）一劇中，我拿到了和一個名叫多蒂．克拉克的女孩演對手戲的角色。我們在一場群星亂舞的混戰中扮演一對幾乎隱形的情侶，相互之間的台詞大概就四句。多蒂是個貌似老鼠的女孩，有著瘦弱的下巴，和一對過大又不整齊的虎牙。我對她完全不感興趣，然而看到多蒂和我在一起卻讓史蒂芬燃起熊熊妒火。他對她展開追求攻勢，用海報、特殊筆、貼紙和各種水晶小飾品包圍她，在她的窗台製造五彩繽紛的花樣。猛烈追求發揮了效用，但當多蒂終於張開不安的雙唇為史蒂芬獻上一吻，他多年後跟我說，他退縮了。「那對牙齒！就好像要親吻虎鯊似的，真搞不懂我當初為什麼會追她。」但我知道為什麼，他也心知肚明：在史蒂芬的意識裡，任何美好事物未經他先染指，都不應該輪到我。

又或是我十六歲，史蒂芬十三歲那年某個春日，他發現我在他房裡聽他的錄音帶。我的耳朵竟然聆聽了他喜愛的音樂，這構成無可挽回的玷汙，所以他把我聽過的專輯都收集起來，一個接一個在他書桌邊緣砸碎。並且要我指出還喜歡其他哪些專輯，他可以一併砸了。

或者是某個母親不在的冬日早晨，我把穿著睡衣的史蒂芬鎖在門外整整一小時，隔著玻璃窗嘲笑他，任憑他在結冰的前門台階上捶門，為他憤怒地啜泣而幸災樂禍。我無法解釋自己為何這麼做，只能說我體內有一個小惡魔，祂以我弟弟的憤怒為食。史蒂芬的怒火是種帶有激烈仇恨的奇景，某種角度來看具有色情意味，與觀看他人做愛有同樣震懾力。經過寒冷的一小時，我將史帝芬重迎進屋，並送上一杯濃濃的熱巧克力表示和解，同時仍笑個不停。他用粉紅色的手指緊抓住馬克杯，一飲而盡，隨後從櫃子上抓了個開瓶器朝我扔來，在我下唇下方鑿出個兩英吋的傷口。這在我下巴的鬍鬚間留下個白色的括弧，小惡魔永恆的側笑。

但時移事往，我們糾結難解的歷史逐漸化爲一件悲傷而單純的小事。我會爲弟弟濕了眼眶，並對過去三十九年間的鬩牆而滿腹遺憾。

無論如何，十月的某個夜晚，第五杯蘭姆酒喝到一半時，我開始有了這樣的感觸。當時我正站在不久前於緬因州阿魯斯圖克郡買下的一座山之上。在濃重暮色中，我徒步爬到山頂，空氣裡瀰漫著魯冰花、苔癬和蕨類的水潤甜香。頭頂上方，蝙蝠在漸暗的天空中追捕蠓蚊。我已經來到此處四個月，但這地方的壯麗每日都讓我印象深刻。史蒂芬和我自春天以來就沒說過話，但今晚，隨著夕陽餘暉仍在阿帕拉契山脈的凹處後悶燒，我覺得自己無所不能。冬天很快就要來臨，我想聽聽史蒂芬的聲音。山頂上只有一格訊號，我撥了他的電話。他接了。

「這裡是史蒂芬．拉蒂摩。」他說。聲音本身平靜而謹慎，準備好接受冒犯。光他這一句話就足以讓我的情緒起波瀾。

「史蒂芬，我是馬修。」

「馬修啊。」他重複道，語氣就像聽完醫生的診斷後複述：「癌症啊。」

「我有客戶。」史蒂芬以擔任音樂治療師為生。

「好，」我說，「問你個問題，你對山有什麼看法？」

一陣小心的沉默。史蒂芬那頭傳來有人暴力操作鈴鼓的聲響。

「我對山沒什麼意見。」他終於回答，「怎麼了？」

「這個嘛，我買了一座。」我說，「我正在山頂用手機打給你。」

「恭喜啊，」史蒂芬說，「是波波卡特佩特火山？還是你把便利商店開到馬特洪峰上去了？」

這些年來，我在房地產賺了不少錢，而出於某些我不太能明白的原因，這對史蒂芬造成了傷害。他不是教徒，但極其看重虔誠與犧牲，並不吝讓你知道他有多麼良好的價值觀。就我所知，這些價值觀充其量只是吃拉麵要就著盒子，每隔十五年左右才找人上一次床，以及看到我這種人要背過身去——也就是手上有點錢，不會渾身窮酸味的人。

我愛史蒂芬，因爲他是我僅存稱得上家人的人。我十歲，史蒂芬七歲時，心臟病帶走了我們父親。我大學畢業前，酒精害死了我們母親，也是差不多從那時候開始，我們倆開始眞正漸行漸遠。史蒂芬堅信他會成爲知名的鋼琴家，沒練習的時候，他便在抱怨自己早該成名。他不是天賦異稟，但鋼琴給了我弟弟一個出口，逃離這個他看來苛刻且複雜的世界，而這世界對他也抱有同樣的感覺。

我呢，恰恰相反，一直都明白人生無常，世事難料，如果你想有所作爲，最好滿腹熱情全力以赴。我早婚，還結了不少次。十八歲就買下我第一棟房產。現在我四十二歲，已經歷了兩次友好離婚，在美國九個城市生活及獲利過。有時夜深人靜，我輾轉反側，呼吸因憂慮而變得急促，擔憂我的野心或許剝奪了人生中某些傳統的犒賞（長期的親密關係、生兒育女、培養子女成龍成鳳），這時我就會回顧這些年來經手過的幾百處房產，想著那些爲數不多但心懷感激的民眾，他們安居其中，或者因我率先察覺這些房產的隱藏價值，而讓他們的投資獲得回報。想到這些我的恐懼消散，緊扣著肺部的焦慮也解除，我四肢放鬆，心滿意足，沉入夢鄉。

史帝芬將遺產花在音樂學校，研讀作曲。他的音樂在我聽來很陰鬱，是你在一輛空轉的車裡，同時排氣管還接了管子通到車內時，會想要放上的曲子，但是沒辦法跟著哼。一直沒有樂團要採用他的曲子，於是他來了個藝術家的崩潰，自我放逐到奧勒岡州尤金市，繼續琢磨他的作品，並以教有精神困擾的人藉吹口琴恢復理智來餬口。兩年前在西雅圖開完一場會議後，我開車去找他，發現他住在蠟燭店樓上一間昏暗的公寓裡，同住的還有一隻行將就木的牧羊犬。那隻狗已失去了排尿的能力，所以史蒂芬得時時將牠拖到樓下人行道旁的綠草帶。在那兒，他會跨立在那可憐的動物身上，用難以卒睹的哈姆立克法徒手排空牠的膀胱。你不會想看到僅存的血親要做這種事。我跟史蒂芬說，以實際的角度來看，明智的做法是讓狗安樂死。這引發了一場難看的爭吵，但說真的，在我看來，要是你經常瞧見某人在路邊徒手幫條半死不活的狗榨汁，他絕不會是你想少發點神經時登門求教的對象。

「這座山還沒有名字，」我跟他說，「管他的，我要用你的名字來命名。我要叫它臭禿山。」（這是家人間的玩笑，史蒂芬二十出頭開始掉頭髮，他還有個凡事不以爲然的朝天鼻，好像一直在聞到什麼髒臭的東西。）

史蒂芬冷冷地輕聲笑道：「請便。我掛電話了。」

「我有寄小木屋的照片給你嗎？是用風車發電的，他媽的屌翻了。你得來這兒瞧瞧。」

「查爾斯頓那邊呢？亞曼達人在哪？」

我吐了塊萊姆皮到手裡，往上朝蝙蝠扔去，看牠們會不會咬上一口。牠們沒咬。

「不知道。」

「你在開玩笑吧。出了什麼問題？」他的聲音添上一種熟練而客觀的嚴肅，不過背景中持續的鈴鼓廝殺聲削弱了其效果。

承認自己目前正處於過度時期也沒什麼好丟臉的。跟許多精明可敬的人一樣，查爾斯頓房地產市場突如其來的翻轉殺得我措手不及。我不得不跟前未婚妻借點現金，她是個富婆，不在乎錢，只要不是自掏腰包借錢給別人就好。我倆嫌隙漸生，婚約也告吹。我用最後一筆流動資金買下了這座令人引以為傲的山，眼下我正站在頂峰。四百畝地，加上一棟就要完工的小木屋，工程多虧了我優秀的好鄰居喬治．塔巴德，地也是他賣給我的。唯一的麻煩是我得在這裡住上一年，但明年秋天我就可以將這地分割出售，同時避開州政府對非自住投資客徵收的敲詐性稅額，然後乘著滿帆順風，加上手上原有的一棟度假小屋，航向人生下一個階段。

「沒什麼問題。」我說，「她重聽且下體有異味。無論如何，我沒花什麼錢就取得一塊美麗未受破壞的美國土地。來看我。」

「現在時機不太湊巧，」他說，「再說我也買不起機票。不管怎樣，我現在有客戶，馬修，我們之後再說。」

「去他的機票，」我跟他說，「機票錢我出。我要你來看我。」事實上，這不是我原本的計畫。我確定史蒂芬在銀行的存款比我多，但他哭窮這招有一種激怒我的魔力，只要一聽到我就忍不住想拿一袋金幣猛砸他的腦袋跟脖子。接著他又說不能拋下碧翠絲（那隻牧羊犬居然還活著！）。好，我告訴他，只要他能找到合適的維生器材安頓牠，這部分我也樂意買單。他說會考慮考慮。電話線上突然一陣馬林巴琴的樂音大作，史蒂芬掛斷了。

這段對話讓我煩躁不已，我情緒低落地走回小木屋。但是一看到喬治·塔巴德在我家那有一半還是裸露托樑的門廊上，我立馬就振作起來。他正站在梯子上，給前山牆釘一塊新的飾邊。「晚安，甜心。」他說，「閒得無聊，來給你添點裝飾。」

當然他並非不速之客。我們幾乎每天都一起修建我的屋子，幾乎每晚都一起吃晚餐。喬治快七十歲了，但我們相見恨晚。他的家族自一八五零年代開始就定居在這一帶，但他經歷了幾段婚姻，落下了幾個孩子，四處漂泊了好一陣子，大約十多年前才落葉歸根。我的小屋差不多是他獨力建造起來的，而他似乎也不在意我能支付的工錢大概只有他在鎮上能賺到的一半。不過比起他幹的活，我更珍惜他的相伴，跟他在一起就像打了溫和的麻藥一般。他可以又笑又喝，一整晚漫無邊際地談論著電鋸、女人、裝備保養，而且一談起來就讓你覺得世上再無其他東西值得一提。

他的螺絲槍發出幾下呻吟，東西已裝置完成，是一列四條腿的小木球，像是墨西哥毒販會吊在轎車頂上的那種玩意兒。我對他的第一件作品表示過讚賞，但如今喬治的花邊情懷已蔓延到觸目所及的每個屋簷和拱腹上，讓整座屋子都要跟著冒泡了。大約每隔兩天他就會帶件新的俗麗裝飾品來。我的屋子開始像周末你跟情婦上廉價汽車旅館時，會買給她穿的那種衣服了。不過周遭也沒人會受到我的木屋驚嚇，所以我覺得無傷大雅。只是我的確意識到，自己大概得困在這花邊奇想的地獄中，直到喬治搬家或去世爲止了。

「弄好啦，」他說，並退後幾步欣賞效果，「相當刺眼的鬼玩意兒，是吧？」

「我服了，喬治，謝啦。」

「要不要來玩雙陸棋？」

「求之不得。」

我進屋拿棋盤、蘭姆酒，和當天買的一夸脫橄欖。喬治是個殘酷的對手，棋賽是一面倒的潰敗，然而我們還是在夜晚的涼風中坐了好幾個小時，喝著蘭姆酒，在棋盤上移動上了漆的圓形棋子，並將橄欖核吐過扶手，任其在黑暗中無聲地落地。

出乎我意料，史蒂芬回電了。他說願意來，於是我們訂了日子，就在兩星期後。到機場所在的艾登鎮車程一小時二十分鐘，但我和喬治抵達時，史蒂芬的飛機還沒到。我走進充當航廈的鐵皮圓拱屋。一名穿著褐色短夾克，滿頭灰色捲髮的小個子女士坐在無線電旁，讀著當地報紙。我進出過這機場十幾次了，但她不曾顯露出認得我，當地人似乎多半如此。如此失禮或許是刻意的，而且自有其實際之處。握了太多人的手，沒多久你的朋友就會多到連挖個鼻孔都將舉世皆知。儘管如此，生活在一個當地菁英都比紐華克的裝卸工還無禮的地方，仍是令人鬱悶。

「我弟弟從班戈市來的班機原本預定十一點就要到了。」我跟那位女士說。

「飛機不在這裡。」她說。

「我知道。那你知道在哪裡嗎？」

「在班戈。」

「那什麼時候會抵達這裡？」

「要是我知道，我就該去哪裡賭馬了，是吧？」

隨後她重新埋首於報紙中，爲我們的談話畫下句點。《阿魯斯圖克公報》的頭版是一張死去的鬆獅犬照片，頭條標題寫著：「派蒙特發現神秘動物屍體」。

「還眞神秘吶。」我說，「顯然是條狗的神祕動物命案。」

「這裡寫著：『品種未定』。」

「是狗，一隻鬆獅犬。」我說。

「尚未確定。」女人說。

爲了殺時間，我們去了艾登鎭的木材市場。我往車廂塞了一堆鋪板，用來完成我的門廊。然後我們回到機場，還是不見飛機。喬治試圖掩飾他的不耐，但我知道他不樂意同我一起被這差事耽誤。他今天本想去打鹿。喬治急於在天氣變得讓打獵成爲苦差事之前，獵到一頭鹿。在自家冰櫃裝滿親手宰殺的肉，顯然是這地方不可免的秋季儀式。而自從打獵季開始後，喬治和我一周出去打兩次獵。我曾在近距離轟掉了一隻瘦鵝的頭，但除此之外，我們一無所獲。當我提議私下去肉店買些牛肉或其他肉來時，喬治的反應就好像我提出了什麼嚴重作弊的行爲似的。新鮮鹿肉比店裡買的牛肉美味，他強調。而且，要是冰櫃遇到偷肉賊洗劫，你也不會有太大損失，這種事在偏鄉地區可是很普遍。

爲提振喬治的精神，我請他在艾登一間酒館吃午餐。我們吃了漢堡，各喝了三杯威士忌沙瓦。喬治沒有直接抱怨，然而他的確不停揚起眉毛望著手錶，痛苦地嘆著氣。我對史蒂芬的怒火已經開始熊熊燃起，他竟然沒打個電話來通知我班機延誤。爲了省下一點電話費，可以毫不猶豫毀掉你整個早上，他就是這種人。當酒保來問我是否還要點其他東西時，我正滿腔怒火。我跟他說：「要，來杯龍舌蘭加奶油。」

「你指的是卡魯哇咖啡酒加奶油吧。」他說。我要點的正是這個，但想到史蒂芬和機場那女人，我覺得今天受到的蔑視已經夠了。「我點什麼你就拿什麼來，可以嗎？」我跟他說，於是他回頭幹活。

我強迫自己吞下那杯噁心的混合物時，酒保帶著冷笑跟我說歡迎再來一杯，免錢。

等我們回到機場，班機已經降落又飛走了。天空飄起濛濛細雨。史蒂芬在大門外一條水溝邊，拳頭支著下巴坐在旅行袋上等。他比我上次見到時瘦，雙眼下方有紫色的眼圈。雨水已將他淋得溼透，殘存的髮絲悲哀地貼著頭皮。他身上的羊毛外套和粗紋燈心絨褲又舊又不合身。強風吹過，史蒂芬就像草草用帆布遮蓋的貨物般翻騰。

「嘿，老弟。」我朝他喊。

他掃了我一眼。「搞屁呀，馬修？」他說。「我在飛機上一整晚沒睡，難道是爲了來水溝邊上坐兩個小時？開什麼玩笑？」

「三小時前我就到了。」我說，「我今天本來還有其他事要做耶，史蒂芬。但現在喬治醉了，我也快不行了，一整天都泡了湯。」

「噢，好極了，」史帝芬說，「因爲我就是爲了這個才要他們延誤班機的，就爲了給你添麻煩。」

「渾球，我的意思是，就不能貼心點打個電話來嗎？」

「怎麼打，王八蛋，」史蒂芬飆罵，「你知道我不用手機的。這他媽是你的……地盤耶，馬修。我沒想到你還需要特別說明才不會把人扔在雨裡。」

我得指出，史蒂芬大可跟無線電女士一起在鐵皮屋裡等，但我懷疑他刻意等在水溝邊，好在我來到時呈現出最狼狽不堪的樣子。他看上去就是一臉悽涼，瑟瑟發著抖，臉頰和額頭被這裡可怕的寒帶蚊子反覆叮得都是包。此刻就有一隻蚊子在他的耳朵邊緣大快朵頤，蚊子的腹部在陰涼的白日下如石榴子閃耀。我沒有出手幫他趕走那隻蚊子。

「或許你該爲此哭一哭，史蒂芬。」我說，「或許好好發洩一下會讓你好過點。」我誇張地假哭了幾下，他勃然大怒。

「好吧，渾帳東西，我走。」他的聲音因盛怒而嘶啞，「這趟旅程很愉快，很高興知道你依然是個他媽的渾蛋，馬提。咱們改天再玩，王八蛋。」

他揹起旅行袋，氣呼呼地衝向機場。他的小腦袋瓜搭上那雙啪唧啪唧響的鞋子——簡直像在看隻迷路的小鴨發脾氣。過去的那種滿足感如潮水湧上。我小跑步追上史蒂芬，扯下他肩上的圓筒旅行袋。他轉過身時，我一把抱住他，親吻他眉頭。

「他媽的放開我。」他說。

「誰這麼愛生氣呀？」我說，「誰是愛生氣的小鬼頭呀？」

「是我，而你是他媽徹頭徹尾的人渣。」他說。
「是呀，爛透了，對吧？來吧，上車。」
「把包還我，」他說，「我要走了。」
「別鬧了。」我說，心裡竊笑。我走向車，將座椅前推，好將史蒂芬塞進小貨車的後車廂。當史蒂芬發現車上還有別人，便停止搶奪旅行袋，不再威脅要走人。我跟喬治介紹史蒂芬，隨後我弟爬上了車，我們便上路。
「這是爺爺的槍，對吧？」史蒂芬問。我的槍架上掛著一把點三零零韋瑟比麥格農步槍，是我多年前從祖父家取來的。那是把漂亮的武器，有著泛藍槍管與虎紋楓木槍托。
「對。」我說，同時準備辯解為何沒將這把槍交給史蒂芬，這十五年來他八成沒開過一槍。說老實話，史蒂芬或許比我更有資格擁有這把槍。孩提時代，我們經常跟祖父去打獵，而史蒂芬不費吹灰之力，一向都是更有耐心的追捕者及更精準的射手。不過史蒂芬對槍的事沒有多說什麼。

「嘿，對了，」過了不久他開口，「費用一共是八百八。」

「什麼費用？」我說。

「八百八十元美金。」史蒂芬說，「這是機票錢，外加碧翠絲的保母費。」

「你女兒？」喬治問。

「我的狗。」史蒂芬說。

「喬治，」我說，「這隻狗連甘迺迪遇刺時自己在哪兒都記得。史蒂芬，你還在幫牠灌腸嗎？算了，別說。我不想腦袋裡出現那畫面。」

「錢拿來。」史蒂芬說。

「別窮追不捨呀，史蒂，你會拿到錢的。」

「很好，何時？」

「該死的老天爺，我會付錢的，史蒂芬。」我說，「只是此時此刻，我他媽很不巧正在駕駛一輛汽車。」

「當然，」史蒂芬說，「我只是想說，要是最後兩手空空地回家，我也不會太意外就是了。」

「噢，我的老天！」我咆哮，「你能不能閉上嘴，拜託？你想怎樣，抵押品嗎？要不要拿我的錶去？」我稍微晃了下方向盤，「或者我他媽乾脆把車直接開去撞樹。這樣你也許就開心了。」

喬治捧腹大笑起來。「你們兩個乾脆停車，照老規矩幹上一架吧。」

我滿臉通紅。竟然被激到在喬治面前顯露出我這愚蠢的一面……我對史蒂芬的反感再度復燃。「眞抱歉，喬治。」我說。

「算了。」史蒂芬說。

「哦，不行，史蒂，我現在就跟你算清楚。」我說，「喬治，我的支票簿在置物箱裡。」

喬治取出支票簿，我墊在方向盤上簽好，交給我弟，他折好放進口袋。「好啦，」喬治說，「天下太平。」

被支票壓下氣焰後，史蒂芬開始針對喬治連珠炮似地拋出成串輕鬆愉快的話題。他在這裡住很久了嗎？十年了？喔，眞棒，這眞是退休養老的好地方呀！他也是在這裡長大的？不用像我們一樣在缺乏靈魂的城市郊區成長還眞好。喬治讀雪城大學？那他聽說過尼爾斯・奧特亞德嗎，在那裡教書的音樂傳記作家？他那本關於蓋希文的書……」

「嘿，史蒂芬，」我打斷他，「你還沒評價一下我的新卡車呢。」

「你花了多少錢？」

「這是我買過最棒的車，」我說，「V8 引擎，五公升排氣量，三噸半拖重，內焊四級拖車掛勾，四輪驅動，最大承載量。遇到下雪就物超所值了。」

「你真的不回查爾斯頓了？」他問。

「大概不會了。」我說。後方傳來史蒂芬開啓我冷藏箱的聲音，隨後是拉開啤酒罐的尖響。

「給我來一罐吧？」我說。

「收到。」喬治說。

「邊開車邊喝？」史蒂芬問。

「對，就是要他媽邊開邊喝。」我說。

「別跟我大小聲。」史蒂芬說。

「我沒大小聲，」我說，「我只是想來一罐自己的啤酒。」

「老天爺，」喬治說。他轉身伸手進冷藏箱，抓了兩罐啤酒，一罐扔到我大腿上。「大家都滿意了吧？」

「是的。」我說。

過了一分鐘，史蒂芬又開口：「所以你跟亞曼達，眞的玩完了？」

「是的。」

「喔，好吧，」史蒂芬說，「我還以爲你愛她愛得要死。」

史蒂芬從沒掩飾過有多不喜歡我的未婚妻。她是定時上教堂的人，成長於一個保守的家庭。他們上一次見面的時候，爲伊拉克戰爭爭執不休。一頓晚飯下來，史蒂芬已經誘使她宣稱自己樂於見到中東地區被夷爲平地。他問她這種策略如何能與「不可殺人」相符，亞曼達回以「不可殺人」出自《舊約聖經》，不能眞的算數。

後視鏡裡，我瞧見史蒂芬帶著憐憫與期待望著我，流著口水等候更多我們分手的細節。

我從儀表板上拿了一罐葵花籽，往嘴裡撒了灰色的一大把，用牙齒咬開後將殼吐到車窗外。

「跟你說實話，」我說，「我覺得買車不帶拖車掛勾，實在是沒有道理。」

沉默中，我們駛過朦朧的田園村落景致，穿梭錯綜而漸窄的鄉間道路，來到一條流水潺潺、坑坑洞洞的防火徑，也是通往我和喬治所屬土地的車道。高草豎立在車轍間隆起的泥地上，刷過卡車底盤發出的聲音有如輕輕下起了凍雨。我們經過喬治漂亮的雪松木瓦屋，我將車切換到四輪驅動，這台道奇跳了起來，咆哮著，往山上衝。

我的屋子映入眼簾。我準備好爲喬治花俏的裝飾接受史蒂芬幾句挖苦，但他一言未發地接受了。

喬治漫步到樹林裡方便。我抓起史蒂芬的旅行袋，領他進屋。雖然屋子的外觀已進入晚期洛可可風，但內部依然很原始。史蒂芬環顧整間屋子，而我弟弟一站在這兒，這地方的髒亂就讓人無法忽視。地板仍是積滿灰塵的膠合板，護牆板還沒釘上，石膏板鋪到離地四呎就打住，粉紅色絕緣材料好似等待相驗的屍體擱置在半透明塑膠布後。我睡的床墊歪歪斜斜地擺在屋子正中。

「今年寫聖誕卡時請儘管加油添醋。」我跟他說。

他走到窗邊，凝望著整片細瘦無葉的樹木蔓延到谷底。然後他轉過身看著床墊。「我睡哪裡？」他問。

我朝捲在角落的睡袋點點頭。

「你沒跟我說要露營。」

「是啊，哎，如果你受不了這鬼地方，我可以帶你去汽車旅館。」

「不用，這裡好極了。我說眞的。本來還以爲是那種有成排按摩浴缸與四車車庫的組合式小木屋。這很好。簡單。」

我用鞋背將一團鋸木屑攏到牆角，一塊銀焊料在木屑堆裡閃了閃。這玩意兒不便宜，我撿了出來放進口袋。

「下次你再來，我會脫光光套個大桶子。」我說，「到時你眞的會以我爲榮。」

「不，我是認眞的。爲了這種屋子殺人我都願意。」他說，抬起手在一根光滑的木椽上摩娑。「我是說，幹，下個月我就四十了，還在租洗臉盆都沒有的兩房公寓。」

「還是同樣那間？」

「是啊。」他說。

「你在開玩笑吧，」我說，「你之前在看的那間公寓大樓呢？」

「嗯，是呀，但後來發生了房貸危機。」史蒂芬說，「我只是……不知道，我不想被騙。」

「幹，老弟，你應該打給我的。那地方還在出售嗎？」

「沒有。」

「但那筆錢，你的老本呢？頭期款你還有吧？」

他點頭。

「聽著，等你回奧勒岡，我們就來找找。四處看看，寄些廣告傳單給我，我會幫你篩選。一定幫你弄到間好屋。」

史蒂芬戒備地看了我一眼，好似我拿了汽水給他，而他不確定我有沒有撒尿在裡面。

我想在天黑前將門廊搞定，便建議在我和喬治釘鋪板的時候，史蒂芬可以到山頂去喝一杯，我在那兒掛了張吊床。史蒂芬卻說其實揮舞榔頭一兩個小時或許也挺有趣。於是我們卸下木頭，他和喬治幹起活來，我則待在屋內，在一片片珍珠護牆板上塗抹厚厚一層紅褐色木漆。每次我往門外探頭，都瞧見史蒂芬在蓄意破壞我的木材。他每三根釘子就要敲彎一根，然後用鐵鎚的拔釘爪在木頭上挖，想要修正自己的錯誤。水會積聚在那些凹洞中，讓木板腐爛，但他似乎樂在其中，所以我就沒和他計較。透過緊閉的窗戶，我可以聽見喬治和史蒂芬一邊幹活，一邊有說有笑。住在山上的這幾個月，我學會了忍受，甚至是欣賞，長時間的寂靜。不過聽見自家門廊傳來說話聲，還是讓我感到溫暖，儘管在意識深處，我懷疑他們是在嘲笑我。

喬治和史蒂芬一直到夜幕降臨才將所有鋪板釘好。收工後，我們前往屋後的小池塘，那是我截住一處泉水蓄積起來的。我們脫掉衣服，進入池塘，各自喘著氣穿過令人振奮的黑色池水。「喔，喔，喔，天啊，好舒服。」史蒂芬以如此肉慾激情的聲音吶喊，讓我爲他感到同情。但此時此刻確實美好，水天是末日般的一色黑暗，我們浮游其中，直到像死人一樣麻木才停止。

回到屋裡，我煮了差不多一加侖的酸奶牛肉，按喬治喜歡的方式調味，鹽多得會讓人流淚。多謝墨西哥灣流善意的發威，我們將迎接連續好幾個溫暖的夜晚，於是我們在剛完工的門廊舒適地享用晚餐。一頓飯下來，我們乾掉兩瓶葡萄酒及半瓶琴酒。等到我們開始享用白蘭地咖啡搭配喬治從家裡帶來的藍莓派時，門廊上已是一片和樂融融。

「瞧瞧這個。」史蒂芬邊說邊重重跺了跺剛釘好的一塊木板，「我操，有客戶來找我十年了，而我為他們做了什麼？我不知道。但花上兩個小時敲敲釘子，老兄，你就有地方可以立足了。這才是真正的進展。我該做的就是這個。搬來這裡，住在他媽的山上。」

「說實話，我很高興你提起這話題。」我說，「你存的那些老本有多少？」

他忸怩地聳聳肩。

「是多少，兩萬五上下嗎？」

「差不多吧。」

「因為，聽仔細了，」我說，「有個提議給你。」

「好。」

「是這樣，聽著，你覺得外面有多少像我們這樣，像我這樣的傢伙？大概估計。」

「什麼意思，像我們這樣？」史蒂芬說。

於是我開始向他和盤托出最近縈繞心頭的一個點子，在一頓浸淫於葡萄酒的晚餐後，當我對土地、星辰和池塘裡牛蛙的喜愛達到頂點之時，這點子顯得大有可爲。讓我想到那一大群悲傷又大腹便便的男士們，每晚在斯波坎到查塔努加間那些鋪著地毯的公寓裡踱步，爲尋找自身出口而發狂。這些人就是目標對象。計畫很簡單，我要在男性雜誌的封底廣告販售一畝畝地，蓋幾棟規格化的小屋，自己發包，建一座靶場，幾條雪車道，或許還在山頂弄間小酒吧。他們會蜂擁而至，一座專屬哥兒們的山，幾百萬屬於我的商機，不費吹灰之力！

「我不知道。」史蒂芬說，又幫自己倒了滿滿一杯白蘭地。

「有什麼不知道的？」我問他，「拿那兩萬五千塊來，我就算你一股。其他投資人都要五萬塊才有一股。」

「什麼其他投資人？」史蒂芬問。

「雷・勞頓。」我信口開河，「除了勞頓，還有艾德・海斯跟丹・威爾許。重點是我可以讓你加入合夥，就算只有兩萬五千塊。如果你能把那兩萬五投進來，我就讓你享有均等的股份。」

「不了，聽起來是很不錯，」史蒂芬說，「只是那筆錢我得謹慎點，那是我全部的積蓄跟身家。」

「哎，真該死，史蒂芬，不好意思，但讓我跟你說清楚，我賺錢，這是我的專長。」我說，「我弄來塊地，投進一些錢，然後我將之轉變成許多許多錢。你聽明白嗎？我幹的就是這個，而且得心應手。我的要求基本上只是將你那兩萬五千塊押上幾個月，而回報是你將獲得真正改變人生的機會。」

「辦不到。」他說。

「好吧，史蒂芬，你能辦到什麼？一萬可以嗎？一萬塊換一股？你能投資一萬嗎？」

「聽著，馬修……」

「五千？三千？兩千？」

「聽著……」

「八百如何，史蒂芬，還是兩百？兩百塊你可以嗎，還是兩百塊就會搞垮你的銀行呀？」

「兩百可以，」他說，「我就以兩百塊合夥。」

「滾他媽蛋。」我說。

「馬修，別這樣，」喬治說，「冷靜點。」

「我很冷靜。」我說。

「不，你很煩人。」喬治說，「況且，你的哥兒們牧場不值得費這麼大勁，行不通的。」

「為什麼？」

「首先，政府不會讓你在分水嶺幹這種事。得要有十英畝緩衝區……」

「我已經跟他們談過地目變更了，」我說，「不會……」

「另外一點，我搬回這裡不是爲了跟一堆亂晃的老二混在一起。」

「無意冒犯，喬治，但我們在談的不是你的土地。」

「我知道，馬修。」喬治說，「我要說的是，若你將這座山瓜分出售給一群波士頓來的渾球，我覺得有相當大的可能，在淡季的某個晚上，我會喝多了幾瓶啤酒，一時興起帶著幾加侖的煤油來這附近晃晃。」

喬治以惱人又做作的強烈眼神瞪著我。「不用什麼煤油，喬治，一把榔頭跟幾根釘子就行了。」我說，轉身手一揮指著山牆上的木頭飾品。「只要找個晚上潛進來，用你的線鋸來點突襲，把每個人的營地都變成一塊大桌布，就能讓他們連滾帶爬嚇跑啦。」

我笑起來，一直笑到肚子發痛，下巴掛上成串淚珠。我回頭看喬治時，他的雙唇緊抿成一條線。顯然他對自己的木工手藝相當自豪。我不知道該怎麼辦，手裡仍拿著盛派的盤子，沒有多想，便一把將盤子扔進了樹林。碰撞聲傳來，卻沒有打碎陶器那種令人舒爽的脆響。

「喔，老天。」我說。

「怎麼？」史蒂芬說。

「沒什麼。」我說，「我的人生要完蛋了。」隨後我進屋，在床墊躺下，沒多久就沉沉睡去。

剛過三點我就醒了，渴得像中毒的老鼠，但我仍攤躺著不動，深怕踉踉蹌蹌走去水槽會將睡意一掃而空。我的心怦怦直跳。我想起在門廊上的表現，腦海隨即浮現一條結實的絞索咿咿作響地懸盪著；我想起亞曼達，還有我的兩個前妻；想起我的第一輛車，由於行駛到十萬英哩時沒有更換正時皮帶，引擎就此拋錨；想起兩天前的晚上，是怎麼在克里比奇紙牌遊戲中輸了三十塊給喬治；想起父親去世後，爲了不復記憶的理由，我不再穿內褲；也想起初中有一天，椅子上冰冷的鉚釘讓我發現自己褲子臀部破了個洞。我想到所有借我錢的人，以及所有欠我錢的人；我想到史蒂芬和我自己，及我們目前還未能成功生下的孩子，日漸渺茫的希望中，要是眞找到人能讓我將基因偷渡延續下去，等到我們的孩子會綁鞋帶時，他的老爸也已是個紅潤的五十五歲大叔，貪婪地在孩子身上吸取純眞和喜悅，就如同沙漠中的迷途者發現一顆橘子時那般急不可待。

我希望太陽升起，想煮咖啡，想出門到樹林裡尋找喬治要獵的公鹿，想回頭繼續將無心之過編織成毯，這條橫蓋懊悔之洞的毯子越來越薄，我發現在大多數無眠的夜裡自己一直盯著洞的深處瞧。可是太陽升得好慢。腦中的蒙太奇不斷搬演直到破曉，而背景音樂一直是撫慰人心的絞索晃蕩聲：咿—唧，咿—唧，咿—唧。

第一道青紫色陽光打在東邊窗戶上時，我起了床。小屋中的空氣滿是寒意。史蒂芬沒有在備用床墊上。我穿上靴子、牛仔褲，套上一件帆布派克大衣，在保溫瓶裡裝了熱咖啡，開四分之一哩路到喬治家去。

喬治家的燈亮著。喬治在做仰臥起坐，史蒂芬則在櫃桌邊烤鬆餅。相當快活的一對。咖啡壺正冒著蒸氣，讓拿著格紋保溫瓶的我感到淒涼無比。

「嘿，嘿。」我說。

「他來了。」史蒂芬說。他解釋說自己在喬治家的沙發睡了一晚。他們玩雙陸棋玩到很晚。他遞了塊鬆餅給我，一派愉快大方，就如同面對多蒂·克拉克那時的心境一般，正準備展開另一場社交掠奪。

「怎麼樣，喬治，」老傢伙做完仰臥起坐後我問道，「要去打獵嗎？」

他搓著壁爐石上的一塊黃鐵斑。「行啊。」他轉向史蒂芬，「一起來嗎，小弟？」

「我沒有槍給他用。」我說。

「我有把點三零步槍可以給他用。」

「何樂不爲?」史蒂芬說。

我們選定的地點是鴿子湖，在二十哩開外，還得乘船到湖另一頭的常綠樹林。用完餐，我們將喬治的小船和拖車栓上我車子的掛鉤，顫顫巍巍地駛進已瀰漫路上的白霧中。

我們將船放進水中。我坐在船尾，離我弟遠遠的。我們朝北開，緊貼著湖岸，經過沼澤植物和磊磊粉色花崗岩區域，那些岩石在猛烈的紅色晨光中看上去就好似醃牛肉丁。喬治在一片泥濘的淺灘停船，他說之前在這兒曾有些好運。我們將船拖上岸，跋涉進入樹林。

我的宿醉相當嚴重，覺得消沉、骯髒、想死，無法保持專注，眼前只見到一張涼爽滑順的床，以及冰鎮的氣泡水與苦味酒。是史蒂芬率先發現了一堆鹿的遺留物，就在一棵松樹苗的葉蔭下，樹已被發情的公鹿啃成了橘色。他對自己的發現興奮不已，用手掌捧起糞便拿給喬治看，喬治熱切地嗅著那一顆顆深色卵石狀糞便，那樣子讓我有一瞬間以爲他會一口吃下去。

「很新鮮。」史蒂芬說，他從十二年級起就沒打過獵。

「牠八成剛聞到我們。」喬治說，「好眼力，史蒂。」

「嗯，我一低頭就發現了。」史蒂芬說。

喬治前往附近他知道的一處據點埋伏，留下我們倆。史蒂芬和我坐在相鄰的兩棵樹下，槍擱大腿上。一隻潛鳥在低吟，松鼠此起彼落地叫囂。

「嘿，馬提，」史蒂芬開口，「我想談談昨晚的事。」

「就別提了吧，」我說，「我已經拋到腦後了。」

「不，我認眞的。你昨天說的，關於來這裡投資的事，或許我該考慮考慮。」

「我不知道。」

「我的意思是，未必是搞個男子營區或什麼有的沒的，而只是買一小塊地。喬治說他賣你一畝地九十塊錢。」

「這是合理的市場行情價。」

「沒錯，我相信是。我的意思是，老天爺，只要一千塊，我就能擁有十一畝地，還剩下足夠的錢蓋間小木屋。」

「是啊，但在這邊你要做什麼？你的工作怎麼辦？」

「你在這裡都做些什麼？我可以打獵，砍柴，用雙手勞動。調和分裂的身心，你懂嗎？我他媽累了，馬提，我奮鬥了二十年，拼得要死要活，結果得到了什麼？幾周前我在電腦上填寫一份約會資料，其中有個問題是：『如果你是種動物，會是什麼動物？』我寫道：『一隻想幹彈珠的大黃蜂。』這是真的。成天對著那從不回應的該死玩意埋頭苦幹。毫無意義。」

「你幫助過的那些人八成不這麼想。」我說。

「我不是在說那些治療。」史蒂芬說，「那誰都能做，只要多練習就能得心應手。我說的是作曲，我做的只有這個，馬提。我不出門，不見人，只坐在我的爛公寓裡寫啊寫。就算我過去二十年都花在打海洛因，最後下場也沒什麼不同，甚至還會有多些經歷可以說嘴。」

「你只是需要培養些人脈。」我說，「搬去洛杉磯之類的地方。你不會喜歡這裡的。」

「我會。」他說，「我已經喜歡上這裡了。你知道我上次拋下鋼琴一整天是多久前了嗎？就只是跟其他人在一起無所事事？就那麼一次眞正的活著，眞正的活在當下？」

我抬起一邊屁股，放了個綿長而低聲的屁。

「眞是迷人，」史蒂芬說，「請繼續。」

片刻過去。

「我是說，該死，史蒂芬，」我說，「就算你眞的要在這裡置產好了，首先，光是建築材料……」

「等等，閉嘴。」他輕聲說，並豎起一隻耳朵。接著他手忙腳亂地操弄起步槍，等終於成功將子彈上膛，他把槍舉到肩頭，瞄準了空地的遠端。

「那裡什麼也沒有。」我說。

他開槍，隨後衝進灌木叢。我沒有跟過去。我的頭痛得要命，而且如果我的小弟頭一次出門打獵就能打到鹿，我可沒興趣在這場勝利中擔綱配角。槍聲將喬治召喚回來。他慢跑進空地時，史蒂芬正好從樹叢裡現身。

「打到什麼了嗎，小老弟？」喬治問他。

「我想沒有。」史蒂芬說。

「起碼你瞄到了，」喬治說，「下次吧。」他一句話也沒跟我說就回他的據點去了。

正午時分，喬治空手而歸。我們爬回船上，船隻輕輕掠過湖面。霧已散去，視線所及沒有其他船隻。日間景緻的美好足以讓人神魂顛倒。燕子在平靜的綠色湖面上嬉鬧，白樺在深色的常青樹間如燈絲般閃爍著微光。沒有飛機擾動天空。我對此無動於衷，不過知道這一切美景存在於此，無論是否有人駐足，都將不顧一切地長存下去，也確實讓我獲得了某種安慰。

喬治帶我們到另一處湖畔林地，我們在那裡等了三小時，等一些可食用的野生動物自動出現接受射殺，但什麼也沒等到。太陽西沉，我們蹣跚走回繫著船的潮濕三角洲。掃了一眼湖岸，我看到了什麼，一開始以爲是個浮木雕塑品，但在凝神注視下卻漸漸顯露出駝鹿角棕色鋸齒的輪廓。牠站在淺灘迎風處，正低頭喝水。距我們至少有三百碼遠，要準確命中不太可能，但不管怎樣我還是舉起了步槍。「該死，馬修，別衝動。」喬治說。

我開了兩槍。鹿的前腳在身下一個踉蹌，過一瞬間，我瞧見那隻動物的頭隨著槍聲猛然一晃。那頭鹿掙扎著想站直，但再次倒下。結果就像一個年老力衰的老頭子想搭起一座沉重的帳篷，牠嘗試站起，然後摔倒，再試，再摔，隨後放棄了掙扎。

我們瞠目結舌地望著這頭倒地的生物。最後，喬治轉向我，搖著頭。「這一槍，」他說，

「肯定是我見過最他媽準的槍法了。」

駝鹿倒在一呎深的冰冷河水中，必須拖到結實的地面才能處理。史蒂芬和我涉水到駝鹿陳屍處，我們得蹲下泡進水裡才能將繩子繞過牠的前胸。繩子另一頭先繞過岸上的一棵樹，然後繫在船尾，將那棵樹權充滑輪。喬治猛催船尾引擎，史蒂芬和我站在小腿深的淺灘上使勁拉著繩子。等到我們將駝鹿弄上岸，手掌已起皺破皮，靴子裡也滿是積水。

我用喬治的獵刀為鹿割喉放血，然後自胸腔底到下巴劃出一道口子，露出食道和滿是皺紋的蒼白氣管。那氣味相當強烈，讓我回想起小時候，到了夏天似乎總圍繞在母親四周的那股陰暗、鹹濕的味道。

喬治欣喜若狂，陶醉於我那誤打誤撞的一槍居然讓我們有了可享用六個月的肉。我前一晚的冒犯似乎已被原諒。他接過我手上的刀，小心翼翼切開駝鹿的肚子，避免刺穿腸道或胃袋。他掏出內臟，將肝、腎、胰臟擱在一邊。最奇特的障礙是毛皮，要剝下來費了九牛二虎之力。剝皮時史蒂芬和我得輪流用靴子踩著鹿的脊椎，在喬治切斷筋膜和結締組織時將皮扯下。我瞧見史蒂芬的喉頭不時欲嘔地一緊。然而他還是想參與處理工作，對此我爲他感到驕傲。他拿起鋸子鋸下一塊肩胛與大腿。我們必須像抬棺人將鹿腿一一扛上船。鮮血從肉中流出，帶著嚇人、充滿生命力的溫度淌過我的襯衫。

小船因獵物的重量吃水加深。作爲三人中最重的壓艙體，我坐在船尾操控引擎，這樣船頭才不會淹沒。史蒂芬坐在我對面的木板上，我們倆幾乎是促膝而坐。引擎噗噗啓動，螺旋槳冒出強而有力的藍色蒸汽。駛離淺灘後，我開啓油門，小艇加速劃破淺波，在我們身後攪起大把白色浪花。我們掠過湖面時，陽光正朝向深暗的樹林西斜。引擎的網格橡膠把手在我掌中彈跳。風吹乾了我臉頰上的水分，並讓史蒂芬稀疏的頭髮狂舞。隨著獵物的遺骸在身後遠去，我似乎也擺脫了史蒂芬到來後一直纏擾著我的陰鬱。喬治重拾的爽朗，屠宰作業的艱苦，四肢百骸的疲憊，不可思議的一擊命中讓朋友和自己能塡飽肚子到雪溶的滿足感——一切都妙不可言。我可以感覺一股解放感在我問題積聚的垃圾坑中逐步蔓延，就像機動的防水油布鋪過游泳池般順暢而穩固。

而史蒂芬也有相同感受，或至少感覺到了什麼。孩提時代熟悉的那種毫無戒備的過往笑容讓他憂愁滿布的臉爲之一亮，那整齊小巧的一彎嘴唇及牙齒，家族合影中一旁的我在相襯之下總顯得陰沉不體面。當他這樣望著我，當他停止細數對我的怨恨，當他暫時不再爲沒能聲名大噪成爲下一個約翰．泰許（John Tesh）而自厭自棄時，我對這個弟弟仍懷有的愛無須言語形容。我們並沒有其他兄弟間那種讓人欽羨的手足之情，但我們有幸具備一項簡單的天賦：在這些不可多得的幸福時刻，我們能和互相憎恨時一樣，熱切而一心一意地共享喜悅。在我們掠過逐漸暗淡的湖面之時，瞧見我的輕鬆自在，瞧見他的快樂在我臉上放大並反映回他自身，我看得出這讓他有多高興。沒有人開口說什麼。這就是我們之間的愛，或說愛所能做到的極限。我駕船在守護湖灣的地峽前來個大迴轉，讓尾波推著我們穿過淺灘，抵達先前的下水處，我那台結實的藍色卡車正等在那兒。

獵物裝上車，小船清洗乾淨，我們駕車回山。回到我的住處時已過了晚飯時間，我們的胃都在咕嚕咕嚕叫。

我問喬治和史蒂芬要不要我先拿幾塊鹿肉排來烤，而他們則開始將其他肉切分好。喬治說當然好，但在動手做其他事之前，他得先在乾燥的椅子上坐一會兒，喝上兩罐啤酒才行。他跟史蒂芬坐下來喝酒，我爬進卡車車廂，裡面幾乎塞滿了鹿肉，在裡面翻找是很要命的工作，但我終於找到了短肋骨，切下里脊肉，那錐形的肉塊看起來就像條去了皮的蟒蛇。

我高高舉起給喬治看。

他舉起啤酒罐致敬。「眞是漂亮的好東西呀。」他說。

我將那塊腰肉拿到門廊上，切成兩吋厚的肉排，拍上猶太鹽與粗胡椒。我點起煤磚，喬治和史蒂芬藉車前燈的光線，在一張膠合板搭鋸木架的工作桌上處理鹿肉。

當煤炭變爲灰色，我將肉排放到烤架上。過了十分鐘，肉中間依然呈現漂亮的粉紅色，我將之與黃米飯一同裝盤。然後我開了一瓶珍藏的勃艮第紅酒，倒上三杯。正準備要叫兩位仁兄回門廊時，我發現有什麼事讓喬治停下了動作。他五官扭曲成一臉怪相。他聞了聞自己的袖子，然後是刀，接著是面前成堆的肉。他退縮了一下，再小心翼翼嗅了一次，隨即往後一彈。「噢，老天爺，變質了。」他說。他拔步衝到卡車邊，跳上後擋板，將我們的獵物一塊塊拿到面前。「王八蛋，」他說，「變質了，全壞了。受了汙染，已經深入肉裡了。」

我走過去，聞了聞他剛剛在處理的腿肉。是眞的：有微微的刺鼻味，一股腹瀉的氣息正在空氣中瀰漫，不過只是淡淡的。如果是腸子裡的東西漏了點出來，當然沒必要爲此就拋棄價值數千美金的營養大餐。更何況，我也不知道駝鹿肉聞起來該是什麼味道。

「只是有點腥罷了，」我說，「所以才叫野味呀。」

史蒂芬聞了聞自己的雙手。「喬治說得對，這肉壞了。嗯。」

「不可能，」我說，「這傢伙三小時前還在呼吸。這肉什麼問題都沒有。」

「牠病了，」喬治說，「你打牠的時候，那傢伙就已經快要死了。」

「狗屁。」我說。

「壞了，我跟你打包票。」喬治說。

「他媽的不可能。」我說，「我們剖開牠的時候還好好的。」

喬治從口袋裡掏出一條手帕，吐上口水，使勁擦拭著手掌。「不管怎樣，現在肯定是壞了。我猜大概是花了點時間才起作用吧，但現在沒救了，朋友。真該死，皮那麼難剝的時候我就該曉得了。牠因爲什麼原因而腫脹，只是勉強在撐著。但死亡的那一瞬間，感染就失控而開始瘋狂蔓延。」

史帝芬看看散落桌上的肉，再看看呆站的我們三個，隨後笑了起來。

我走到門廊，朝冒著熱氣的鹿排俯下身去。聞起來很正常。我搓了搓覆蓋肉上的鹽，舔了舔拇指上的肉汁。「這一點問題也沒有。」我說。我切了塊鮮嫩欲滴的粉紅色肉丁，沾了沾舌頭。史帝芬還在笑。

「你他媽眞是個天才，馬提，」他上氣不接下氣地說，「森林裡那麼多野獸，你偏放倒了一隻得痲瘋病的。別碰那鬼東西。呼叫危害物質處理隊來吧。」

「這肉他媽的沒有一點問題。」我說。

「有毒。」喬治說。

突然颳起一陣風。林裡落下一根樹枝，一落樹葉掠過我的靴子，堆疊在門前。隨後夜晚再度陷入沉寂。我回頭面對我的盤子，並將叉子塞進嘴裡。

重要能量的執行者

Executors of Important Energies

很晚的時候電話響起，又是我的繼母。

「你曾想起過那些沒被你接受的人嗎？我眞希望自己能和他們全部重頭來過，甚至是最討厭、最糟糕的那些傢伙。你在聽嗎？」

「我在聽。」我說，「只是不確定你跟我說這些要幹嘛。」

「唉，算了。」她說，「我只是覺得自己沒人要了。」

我跟她說有很多人覬覦她。「嗯，但沒人當面覬覦我。」她說。

「幾點了？」

「還好，這裡差不多三點，所以你那邊是兩點。我想你還沒睡。」

「我睡了，露西，這裡是四點了。沒人這時候還醒著。」

「我醒著。」她說，「你爸也醒著。這裡呢，還有很多生命活動的跡象。」

「我得睡覺，」我說，「上樓吧，去睡吧。我明天會在店裡，想找我就打來。」

「我哪也不去，」她說，隨後傳來她水煙管汩汩的氣泡聲，「羅傑的狀況起伏不定。這禮拜他每晚都報警抓我。所以我就一直走啊走，走到他上床睡覺。我走了太多路，屁股都完全變形了。」

「你該早點跟我說。」

「我現在就在跟你說呀。」她說，「如果你要還可以寄照片給你。」

我父親的問題大概十年前左右開始，他的記憶自那時開始受到侵蝕，越來越頻繁地遺失錢包跟鑰匙。他丟了工作，因爲他一再將客戶單獨晾在辯護席，自己則在街上徘徊，試圖回想起自己的車是哪輛。兩年前開始，他差不多忘了我是誰。接著在上個月，他小睡兩天後醒來，便認不得我繼母了。他報警處理，她還得出示兩種型式的身分證明，才免於因非法侵入自家屋子而被捕。

沒有人確切知道該怎麼辦。我們找過療養院，但如果你想去的不是多次被指控髒亂和虐待，尖叫聲迴盪的瘋人院，那就得在候補名單排上十年。除了照顧我父親，露西沒有其他工作。她靠他的積蓄過活。我父親只有六十歲，身體其他方面都很健康，起碼還可以持續消耗現金跟憂慮二十五年。

窗外傳來女人的尖叫聲。今天是星期四，是街口那間女同志酒吧的舞會之夜。舞會後，那些女人慣例會經過流連，在我住處大樓的西牆上互毆。她們按時傷彼此的心，總是會在天色呈現靛藍的那半小時黎明時分。有時候，我會探出窗外，好意朝她們吼一吼，這樣她們就能團結一心對抗我，同仇敵愾。然後我一把關上窗，回床上睡覺。

「所以呢，」露西說道，「我在考慮二十號帶他去你那裡。醫生說去紐約看看，也探望探望你，對他有好處。或許能喚起一些記憶。」

我聽見床上方的鐵皮天花板傳來老鼠爪子劃過的聲音。「拜託別來，露西。我有件事要做。更何況，他連我的名字都不記得。」

「他當然記得。」她說，「他一直問起你。」

「那沒可能。」

「是真的。他昨天才問起。他還啤酒喝太快，然後你應該聽過，他就嗝、嗝、嗝，打起嗝來。」她沒笑，我也沒笑。

「拜託別他媽把他帶來這兒。」我說，「這不是好主意。」

「溫柔點。」露西說，然後掛斷了。

父親娶露西的時候，我十歲，他四十六歲。露西當時二十一，在父親的法律事務所擔任秘書，這工作她原本打算演藝事業上軌道後就辭掉。她的外貌美得足以進演藝圈。她有那種欲求不滿、眼睛大大的可愛臉龐，日本漫畫家就是圍繞著這種面貌建立起整個情色的信仰。

當我還年輕，嘴上還無毛時，曾苦苦迷戀她，並模模糊糊地相信，我父親只是暫時和她在一起，計畫某天將她轉送給我。其中細節並不完全清楚，但我有預感會是在我十六歲生日的前後，他將帶我到一個能夠俯瞰落日的沙漠中，並宣布將露西交給我，連同他的野馬跑車，以及幾罐啤酒，或許還加上一卷卡式錄音帶，裡頭只錄了巴布席格與銀彈合唱團（Bob Seger and the Silver Bullet Band）的〈夜行〉（Night Moves）這首歌。

他們有差不多三年的相互恩愛。然後露西遇見了一個年紀相仿，替電視廣告作音樂的男人，並跟著他私奔到魁北克。我父親爲自己的哀痛所震驚——年屆五十，兩鬢銀髮叢生，卻發現自己有生以來頭一次心碎。就那麼一次，他努力要跟我做朋友。他每個周末接我過去。會跟我說愛情就像水痘，早得早好，因爲年紀大才得可能會要了你的命。他會對我敞開心房一兩個小時，然後要我跟他下棋，一個周末下二三十盤，而我每盤皆輸。

只有一次我差點就要贏他。他喝了幾杯雞尾酒，走錯了棋，將皇后移到我騎士的路徑上。我吃了皇后，他甩了我一巴掌。我衝進浴室，狠揍了自己幾下，確保會留下持久的瘀傷。等我出來後，他沒道歉，沒有眞的道歉。但他說只要不跟我媽講，我要什麼都行。我說我要一台電腦跟一把空氣槍。我爸用事務所的信紙擬了份合約，我簽上名。當天我們就買了空氣槍。我拿來射下一隻檸檬色黃鶯，我摸了摸那隻鳥，隨後埋進我媽的草坪。後來我又打了一隻鴿子和一隻山雀，接著就把槍送給了住隔壁的孩子。

在加拿大待了四個月後，露西回來了。我父親重新接納她，卻沒有原諒她，隨後不斷背叛她多次，並相信這是他們雙方共同造成的。他將露西安置在一座仿都鐸式的堡壘中，裡頭的陽光連一台太陽能計算機都無法驅動。露西變得抑鬱。她責怪自己的身體，用飢餓節食和鐵人三項來懲罰自己。在瘦身的高峰期，她幾乎是一種全新的生物，一顆狐猴的腦袋安在跳羚的身軀上。當臉上長滿了遲來的青春痘，她以自殺作要脅，迫使治療師開出一種強烈的特效藥。那藥爲她消除了七顆面皰，卻讓臉上產生皸裂，從下巴到髮線都布滿了暗紅色細紋。她得抹上一大堆乳霜和軟膏，使她流的汗看上去都像是鯉基油脂。就在那段期間，我停止了對露西的妄想，也不再對那輛跑車，以及隱密的內室、小巷和安全的樹林抱有幻想。

我二十多歲時，父親的記憶開始消退。一開始，我還以為他不記得我住在哪裡，或我已經完成學業，都只是一種攻擊性冷漠進一步加深的展現，而他面對我時向來如此。但結果卻是十幾個優秀的神經科醫師都弄不清楚的毛病，不是阿茲海默症或任何已知的癡呆症。他記憶庫出現了迅速擴大的裂口，先是短期記憶開始喪失，接著陳年回憶也逐漸流失。症狀開始的三年內，他已無法記起你一個小時前跟他說的話，無法工作，無法從光顧了一輩子的雜貨店自行認路回家。但他還沒失去所有深層記憶，或至少中層記憶的檢索能力。幾年前，我跟母親提起父親曾在棋盤邊打我一巴掌的事，那時父親已經忘記我的名字了。然而幾個禮拜後，我就收到一封郵件，裡面是我們那張舊合約的副本，還附上一張一千兩百美元的帳單——是電腦和空氣槍的退款，收據我爸都還留著。

大學時期，我念的是物理、工程與工業設計。我以爲自己會去造飛機，但畢業後我的工作是替艾默生電氣公司畫家庭式收音機鬧鐘的草圖。艾默生極力強調無特色的圓形和單調的曲線，彷彿目標是希望我們的鬧鐘不引起注意地溜過顧客視線，就像是讓你不費眼力的油滑小藥丸。做了六年後，我離開公司獨立作業。可以說我曾有過一樣眞正成功的設計，是台能融化多餘的塑膠袋，將提煉出的塑料倒入可替換模具中（高爾夫球座、口袋梳子、單車輪胎板手等等）的機器。這套設備在一本主流雜誌的「絕佳環保禮品」清單中名列前茅，之後機上購物型錄和電視購物頻道也爭相納入。我並沒有因此發大財，但也不虞匱乏。我在紐約西村有間單室公寓套房，知道的人在上樓親眼一睹前都覺得很了不起。這地方在建築上相當於糕餅麵團的殘餘物，是等大樓其他區域都被切分成合宜的居住空間後，所剩下的一個兩百平方英呎滿是裂縫與凹洞的畸零場域。

父親和露西預定抵達的那天，我在康乃狄克州西港鎮的服務業博覽會有個展位。我要去那兒推銷一台我稱之爲「急凍壺」的裝置。基本上就是一個商用咖啡壺，底座裝有銅製熱傳導線圈，所以你可以現煮一壺熱茶，當下直接倒進玻璃杯而不會讓冰塊融化。我希望能將專利以十萬元左右賣出，然後趕往墨西哥灣沿岸弄一艘浮筒船和一個大胸脯的陌生女人塡滿我內心的空洞。但一整天下來，我都在將伯爵茶煮好倒進紙杯，遞給穿打褶休閒褲的男士們。他們一隻手總是插在口袋裡，所以我無法迅速將名片塞入他們掌中。

展後的接待會上，我試圖在自助酒吧將展位費賺回來。我走進舞池，接近一名年輕女子。

「我們去看看月亮吧。」我說。

「現在是下午三點耶。」她說。

我步行回火車站。空氣中有著秋天頭一波襲來的寒意。我感覺著刺骨疼痛，膝上擱著我的水壺，轟隆隆朝城市前進。

我收到露西的訊息，要我在華盛頓廣場公園跟他們會合，我爸在那邊看人下棋。我搭地鐵到阿斯特廣場，背負著逐步增長的恐懼往西走。我有十五個月沒見過他了。我想像他坐在欄杆上，在漸漸升起的暮色中，伸長了脖子望著溜直排輪的人、毒品販子和吉他手，樣子就像剛下山的李伯[1]，頭髮亂糟糟，身上或許還散發出尿布的味道。

但我卻發現父親坐在一張桌邊，看上去氣色不錯，尤其是跟他的棋友相比，那是一個肥胖的賭棋人，臉呈現石板瓦的灰綠色調。我爸的頭髮修剪梳理得如整整齊齊的草皮，蓋過高高的額頭。他穿著乾淨的白襯衫，繫著深紅色領帶，外罩一件我沒見過的大衣：及膝長，蛤

---

1 Rip Van Winkle，十九世紀美國小說家華盛頓・歐文的短篇小說〈李伯大夢〉的主角，故事描述一位荷蘭裔美國村民李伯在山上睡著，醒來卻倏忽過了二十年，下山發現小鎮已人事全非。

蝌色絨面革搭配黑色毛皮領，是件給狂野西部的沙皇穿的大衣。我沒有直接走向他。我站在十呎外看他下棋。隔著那段距離，你看不出他有任何問題，不過他正處於劣勢，他的國王在底線被兩只主教和一只騎士包圍。接著我爸舉手投降，並跟對手說了些什麼。兩人大聲笑了起來，久久不停，就像多年老友，而我也感到高興。對陌生人的愛，與他們相處起來無所畏懼，向來是我父親其中一項天賦。作爲裝熟的行家，要是有隻鳳頭鸚鵡降落在身邊，他也會嘗試說說鸚鵡話。他跟那人握了握手，兩人開始重新擺起棋盤。棋局開始前我走到他身邊。「爸。」我一開口就後悔，希望能不要打擾他。喜色他從臉上退去，雙眼因懷疑而茫然。他微微瑟縮，似乎沒將我認作兒子，而是某個已被遺忘的人士，從他的過去回來要質問他些什麼。

「爸，是我伯特。」我跟他說。

他用手指碰碰耳朵。「聽不到。」他說。

「我是伯特，」我說，「你兒子。」

這消息讓他慣性抽搐了一下，每當他陷入困惑的時候就會這樣打著顫倒吸口氣。緊閉的雙唇後面那下巴的動作給人一種錯覺，好像他整副牙齒都沒了。

「對，對，很高興見到你。」他說。他伸出手，手指拂過我的肚子，彷彿要確定我不是鬼魂。接著他緊張地瞥了眼賭棋手，好像我父親最爲在意的，就是不讓陌生人得知他心智退化這個秘密。

「伯特，這是韋德。」我爸生硬地說，指著那個大塊頭，他正用髒兮兮的指甲搔著脖子上的毛髮。

「叫我德韋恩[2]。」那人說。我跟他握了握手，儘管天涼，但他的手卻散發著高燒般的

---

2 此角名 Dwayne Wade，與 NBA 知名球星同名同姓，暗示或為假名。

暖意。他露出微笑，門牙斜缺了一角，像座小小的灰色斷頭台。

「韋德是棋盤上的殺手。」我爸說，「一個致命的戰術大師。但是你等著瞧，伯特，我會從這場屠殺中扳回一城，取得勝利。」

「你才是大白鯊，羅傑。」德韋恩說，「我只是條小魚，到處混口飯吃罷了。」

我父親瞪著棋盤。他面前的是黑棋。「給我等等，我拿白棋才對。」

「嗯哼，羅兄，上一盤你執白棋。別以爲我忘了。我的腦袋可機靈了。」

「隨你便。開始吧。」

頭頂上，一大片聲勢驚人的青色烏雲開始壯大，但父親沒有察覺。他弓身投入棋局，留給我他寬闊的絨面革背影。

我在乾涸的噴水池旁發現我繼母，她正在看幾個年輕人拍電影。我將壺子留在父親腳邊，慢跑向她。自上次見到她之後，露西又更添一層疲憊和衰老。看著她，我想到的是「大嬸」一詞，這詞概括了她稀疏乾燥的頭髮、斑駁的臉頰、多個噹啷響的手鐲，以及她的口紅：是嚇人的珊瑚色，顏色還滲漏到嘴邊新生的細紋裡。她的右眼布著血絲，噙滿淚水。我們相互擁抱。她所有的禦寒衣物只是件單薄的黑上衣再圍上一條錦緞披肩，我都能感覺到她僵硬手臂上冒出的雞皮疙瘩了。

「他讓你在這裡等多久了？」我問她。

「三個小時。我覺得他和那個胖子差不多準備要去哪裡登記結婚了。」

「我們這就走，我去叫他。」

「沒關係啦，我只是身上冷。他很開心，讓他玩吧。」

我指著她的眼睛。「你嗑藥了，露絲？還是嗑到一半？」

「是我排球隊裡那個大塊頭伊朗賤人幹的，手指戳到我眼睛，害我現在看東西都重影。」

我說聽到這事很遺憾。她聳聳肩。「喝點啤酒有幫助。」她說。

露西的視線飄回那個正在拍攝的電影小組。正在拍的鏡頭圍繞著一個特效：一名細瘦的年輕人將鳥食黏在裸露的胸膛上，吸引鴿子圍攻。攝影機已就位，但鴿子不合作。太多免費種子從他身上掉落，所以沒有鳥願意費事去啄他的皮膚。

一個頂著老鼠色頭髮，牛仔褲上遍佈油漆印的女孩走了過來。她的上衣用奇異筆寫著「製作人」。「你們進入我們的鏡頭了，可以麻煩你們讓一讓嗎？」女孩說，看著露西的樣子好似被她的妝容跟閃亮的披肩所冒犯。

「是有點麻煩。」露西說。

「你說什麼？」女孩說。

要不是棋桌那邊傳來我父親的叫喊聲，她跟那女孩或許就吵起來了。叫聲如此響亮急切，我還以為他受到了攻擊。

我們跑過去，但沒什麼緊急事故。他只是贏了一盤棋。我們來到身邊時，他還沉浸在勝利的狂喜中。「噢，天啊，太棒了，」他說著，「噢，真不得了，感覺好極了。」

「你確實讓我陷入麻煩了，羅傑。」德韋恩說，「再一盤如何？賭個幾十塊？」

但我父親還不準備將這光榮的一刻拋諸腦後。「性高潮算什麼，」他向桌子俯身，若有所思地說，「乾淨俐落地贏盤好棋還比較爽。我是指，老天，韋德，怎麼會這樣？贏盤棋怎麼會讓人這麼快活呀？」

「音樂性，」賭棋人說，「藝術性之類的狗屁。再來一盤？」

狂風捲起，我父親抬起頭看著一落梧桐葉旋轉而下。大衣毛皮領在他下巴邊翻動。

「你喜歡這件大衣嗎？」露西問我，「他在巴尼斯精品百貨的櫥窗瞧見的。一千八百塊美金。」

我爸半皺著眉瞥了我們一眼，又回頭面對德韋恩。

「棋王費雪曾說過『棋如人生』。」我父親宣告。

德韋恩伸出舌頭舔了舔嘴唇。「費雪說過各式各樣的話。」他回應，「他還說有小猶太人住在他的牙齒裡頭。」

「棋比人生更好。在這個世上，可沒有全身而退這回事，你懂我意思吧。」我父親說，「我是說，你可以不斷擊敗我一整晚，但到了最後，你嘴裡還是有顆斷牙，衣領上還是有乾掉的鼻涕，以及滿腦的垃圾讓你夜不成眠，可是……」

「嘿，王八蛋，客氣點。」德韋恩說。

下起雨了，在高處乾燥的樹葉間打出輕柔悅耳的聲響。稀落的圍觀群眾一哄而散，其他賭棋人面露怒容望向天空，隨後收起棋盤，折疊裝進附拉鍊的長盒裡。

「義大利菜，」我父親說，「我現在想吃這個。」

「我們有帳得結清喔，羅傑。」德韋恩說。

我父親共計輸了四十美金，但德韋恩看上去並不高興，即便將鈔票收進口袋時也一樣。

德韋恩伸出手接雨，雨滴在他乾燥的手上留下深色印記。他搖搖頭。「雨水是天賜。」他說，「從天堂的方向落到我們身邊，但也確實讓不受上天眷顧的渾蛋今晚在這大道上要難過了。」

我爸轉向德韋恩，以嚴厲如父的眼神盯著他。

「我看你該是小牛肉的愛好者。」我爸說，「上次有人拿一盤熱騰騰的美味小牛肉招待你是什麼時候？」

「我記不得了。」德韋恩說。

「你跟我走，」我爸說，「我們幫你搞定。」

「羅傑……」露西開口。

「啊哦。」我爸嚴肅地出聲。他正低頭凝視著右腳的鞋。鞋帶鬆開了，他瞇起眼望向我跟露西，似乎無法衡量這個新問題的規模，於是感到茫然失措。露西毫不猶豫地跪下幫他繫好鞋帶，接著動身往麥克杜格街走去。「眞是個好人，」父親邊望著露西的臀部在牛仔褲中擺動邊說，「她是你同學？」

露西選了一間深色木裝潢的老式餐廳，其中穿襯衫的高大男士們站在吧檯邊，在讓人平靜的連串曼陀林樂音中相互扯著嗓子說話。

「這地方行嗎，羅？」露西問我父親。

我父親轉向德韋恩，一隻手拍了拍他豐腴的上臂。「怎麼樣呀，韋德？你胃口如何，老弟？準備嚐點小牛肉了嗎？」

「放馬過來吧。」德韋恩說。

店老闆打量了我們一番——德韋恩、身穿高級西部皮革大衣的父親、露西和她含淚的眼睛——領我們到後面一間陰暗的房間。那裡僅有的一桌客人是對衣冠楚楚的黑人老夫妻，兩人間有種剛吵完架的人會有的隔絕與懺悔氣氛。

「請來杯鳳梨可樂達。」我們還沒入座，德韋恩就跟老闆說。

「你們的服務生馬上就來。」他說。

「鳳梨可樂達！來兩杯，他一杯，我一杯。」我爸說。

「先來杯啤酒。」露西說，「最冰的就行了。然後再上伏特加。」

老闆七竅生煙地退下。我爸低頭看了看我擱在座椅間的茶壺。

「那是什麼鬼玩意？」他問。

我跟他解釋了一番。

「你現在在做飲料生意？」他問。

「我是工業設計師，是發明家。你知道的，爸。」

他哼了聲說道：「去讀法律，做點貢獻吧。」

「我有做出貢獻。」我說。他看著我。我氣急敗壞地講起，能在人類爲了便利而永無止境的奮鬥中擔任一名小卒子，這是多麼偉大的事業；以及那些微不足道、不受察覺的科技，像是遙控鑰匙圈、原子筆、棉花棒，其實比音樂、書籍或電影，更顯著地改變了我們的生活。「幹我這行的人，爸，我們是重要能量的執行者，正是這種能量建立起國家，這種信念……」

侍者來了，我爸一把撲向他的鳳梨可樂達，隨即把那當氧氣面罩般猛吸起來。

「你得幫我個忙。」露西悄悄說。

「幫什麼忙？」我問。

「別讓他喝第二杯。」她說，「我猜是藥物的關係，他不太能喝了。幾個禮拜前，他在安格斯巴恩牛排館喝了三杯葡萄酒，就開始用手吃燉肉了。哎，該死。」

露西將一隻手伸進上衣裡，撫平戳到肋骨的一根硬線頭。德韋恩色瞇瞇地看著她。

「有什麼事嗎？」露西問他。

「當然有。」他說，「你就是最大件事了。」

露西看向我父親，他已經在椅子上側過身，看著黑人夫婦那一桌。侍者正在桌邊展示一瓶白酒。

「你看看，」他說，「我們先來的，他們卻已經先上酒了。」

「不對，」我說，「是他們先來的。我們的酒也已經上了。」

但他似乎沒有聽見。侍者將試飲的份量倒入我們鄰居的玻璃杯中，那景象讓他目不轉睛。男子抿了一口，明快地點點頭。「快看，他們倒葡萄酒給那個黑人品嚐耶。」我父親邊說，邊帶著驚異斜覷著男子的成熟教養，好似在看一隻會清洗餅乾的松鼠。「太難得了吧？」

這讓我瞠目結舌。我父親在很多方面都是個粗魯、惹人厭的人，不過敵視別的種族卻從來不是他偏愛的野蠻行徑之一。在執業期間，他以身爲一個無所畏懼的平等主義者，以及對不受歡迎的理想堅定支持而深感自豪。儘管在我看來，他的鬥爭與其說是爲了正義，不如說是爲了戰鬥的樂趣。在他接的公益案中，他喜歡爲犯下駭人聽聞惡行的人辯護，通常也能爲他們在法庭上爭取到不錯的結果。有地牢的管理人、偏愛老年人肉體的非法入侵者，還有一個死後因在電椅上的不堪遭遇而出名的男孩，那男孩用剎車片殺死了一個女人，並任由她的幼兒在鄉間公路的路肩爬行。父親樂此不疲地跟母親與我講述他這些「當事人」的故事，他們案子的細節，受害者最後的表情等等，好確認自己是無所不知的統帥，無論是善是惡。我還沒讀完二年級，父親就灌輸我類似這樣的眞理：「伯特，若有人要把你綁上車的話，務必拚死抵抗。反正抵不抵抗，可能都會死，但相信我，與其讓他們有機會在你身上玩花樣，還不如死個痛快。」

但他也會接些較低調的案子：住房和僱傭歧視、勞工賠償等等。雖說我總感覺父親的正義有些廉價與惡毒之處——是種讓他能輕易凌駕於我們所有人之上的法門——但他確實爲需要的人贏得了很多錢。父親在工作中爲他人謀得的福利，或許眞是我整個職業生涯也做不到的。而眼前這個快活的老頑固令我深深感到沮喪，一如我在他的衰退中見到任何病症時的感覺。

回到黑人夫婦那桌，剛進來時我所留意到的齟齬似乎再度爆發。「那裡不叫維朗尼，茱蒂絲。」男子厲聲對他的伴侶說，「是叫維朗德里。我們就是在那裡沿著河騎單車，酒店還漏水，你還吃了肉醬燉豬里肌，結果胃痛。是維朗德里。有誰聽過哪個城鎮叫維朗尼的啊？」

我父親搖搖頭，帶著假作憐憫的滿足感皺著眉。「他們也可以衣冠楚楚，對吧？」他說，「但言行舉止是改不了的。」

接著他站了起來，我很怕他會走到那對夫婦的桌邊，以某種方式挑釁他們，不過他只是往廁所去。

「他一個人去沒問題吧？」我問露西。

「他還認得馬桶，感謝老天爺。」

德韋恩從麵包籃中拿了塊麵包，撕成兩半，在盛著橄欖油的碟子上壓得扁扁的。嚼著麵包時他眼睛盯著露西。

「我有個認識的人你得見見。」他說。

「哦，很好。」

「你聽過亞里斯蒂德．方特諾嗎？」德韋恩說，「紐約頭號雕塑家。是我的朋友。我知道他會想為你的臉捏個塑像。」

露西吸了口氣想說些什麼，但最後卻只招來侍者再點了杯伏特加。

「他是你丈夫？」德韋恩問，並朝廁所撇了撇腦袋。

「是啊。」露西說。

「他的言行舉止不像。」德韋恩說。

「這不關你的事吧。」露西說。

「讓我這麼說吧，」德韋恩歪嘴笑著說，「要是我有個像你這麼漂亮的老婆，我會由始至終毫不保留地表現出來。」

露西閉上眼睛，笑了出來，德韋恩也笑了。「我喜歡你，德韋恩。」她說，「來，我們找個隱密處去。」她手往桌上一拍，「你覺得這餐館會有『隱密處』嗎？」

「露西，請別這樣。」我說。我父親已經出了廁所，正朝我們走來。

她用手遮住半邊臉，並以受傷的那隻眼睛看著德韋恩。「為什麼？」她說，「他這樣看上去挺好的呀。」

「跟我說說，德韋恩，」當麵包都吃完，談話已經疲乏，整張桌感覺就像是郵輪上碰巧坐在一起的陌生人時，露西說道，「你就靠那樣謀生？在公園裡賭棋？」

「大概是吧，如果那也能稱為一種生計的話。」

「那你怎麼稱呼，德韋恩？」她問他。

「這個嘛，下棋是種有利可圖的癖好。而在靈魂深處，我是個音樂家。」

我問德韋恩他演奏什麼樂器，他還沒回答，我爸就在座位上前傾，大聲清起喉嚨來，發出憤怒、引擎加速般的聲響。「那麼，韋德，」我父親粗聲說。

「怎樣，羅傑？」

我爸沒有回答。他的嘴唇無聲地移動著。我意識到他其實並沒有什麼要說，他只是希望露西與我不要跟德韋恩搭上話，顯然德韋恩是個他不願與人分享的特殊朋友。撇開父親長久以來對陌生人的好感不論，他對一個騙徒如此熱情偏愛仍讓我感到困惑。但再轉念一想，這或許是因爲：也許他知道自己正漸漸遠離露西和我。他爲此感到萬分屈辱，而只有在某個沒有共同過去好遺忘的陌生人面前，他才能安心自在。

我們看著我父親，他的嘴巴一張一闔，肩膀聳起，目光低垂。

「保羅．墨菲（Paul Morphy），」他終於說，「歌劇院那場比賽，黑子用菲利多爾防禦開局，我說得沒錯吧？」

「朋友，我不清楚。」德韋恩說。

我父親噘起嘴唇，有些氣餒。「服務生，」他喊道，邊晃著杯子裡的冰塊，「這裡有旱災了。」

「我們緩一緩如何，爸？」我說。

「你來親我屁股如何？」

「回答你的問題，伯特，我是吹管樂的。」德韋恩著比劃了一段薩克斯風即興樂句，指法看起來相當專業。「我也演唱。唱片藝人肯尼．羅根斯（Kenny Loggins）你熟嗎？」

「你幫肯尼．羅根斯伴奏？」露西問。

「肯尼歐洲巡演時的確是由我伴奏。我老婆和我一起，我們還爲他的團隊提供了一些非常漂亮的背景合聲。所有重要城市都見識了一番，住高級旅館，搭乘知名航空，澳洲航空、維珍航空之類的。很高興你提起，那是我生命中的快樂時光。」

「你還是已婚嗎，德韋恩？」她問。

「談我談得夠多了，」德韋恩說，「我要憂鬱起來了。」

「你以前也會唱歌，羅傑。」露西說，「我都忘記你會唱了。」

「我會嗎？」我爸說。

「會，你會。」露西說，「在早上，你早上都會唱很多歌。」

我爸雙手握住鹽罐，拇指指甲若有所思地在格紋玻璃的紋路上摩娑。「我都唱什麼？」

他頭也沒抬地問。

「山姆·庫克（Sam Cooke）、貓王及幾首李歐納·柯恩（Leonard Cohen）的歌。你唱梅爾·托美（Mel Tormé）的歌唱得挺好。」

他看著她，可以瞧見他眼珠周圍的肌肉一陣緊繃，隨即又放鬆下來。「你全都搞混了。」

露西看了我父親一會兒，然後轉向德韋恩。「你呢，德韋恩？何不唱首歌來聽聽。唱給我聽。」

「就在這兒？」

「對，」露西說，「就在這兒唱給我聽。」

於是德韋恩開始哼些前奏，而光連這一哼也是功力十足，完全是個老練的憂鬱男中音，很清楚如何讓聲音在胸腔深處共振增強。鄰桌的夫妻看向他，準備發飆，但按奈下來，看起來不太確定該怎麼做，懷疑著德韋恩或許是個名人，只是進入了職業生涯晚期，時運不濟。接下來演唱開始，是首我從沒聽過的老歌。不管那是什麼歌，德韋恩唱得美妙絕倫。旋律在一道快速的弧線中展開，貼著歌曲真實的樂線上下盤旋，再越轉越高將近破音。他一次唱出多重聲部，簡直是座喧鬧的汽笛風琴。前面是浮誇華麗的男高音，其後則是個呆子唱著緩慢沉重、和諧優美的低音；還有一個狂野的女高音在聲線裡進進出出。

露西當下的歡快相當賞心悅目。她讓腦袋懶洋洋地倚靠在肩膀上，露出頸項上漂亮的血管脈絡。她的臉龐在喜悅與嬌羞中顯得年輕。我的喉嚨好似堵滿了沙，眼前的她一如我多年前曾覬覦過的父親之妻。

只有我父親沒有沾染到屋裡的快樂。他如常在抽搐中伸展著下巴，緊握著奶油刀到指關節都發白了，讓我擔心他會拿刀砸碎自己的盤子。但此時德韋恩的演唱來到了最後的尾聲。露西帶頭鼓掌。德韋恩如爬蟲動物的小眼睛在頭上溜溜打轉。「通常，這種形式的表演，標準貢獻金額是五塊錢。」

露西笑了。「我會給你五塊錢，但你得先給我再唱一首。」

德韋恩聳聳肩。「你弄亂了一個人的價格體系，不過沒關係。來想想要唱啥。」

「別唱了。」我爸咆哮。他煩躁地掃視著桌布，彷彿某樣弄丟的東西就在這桌上，藏在顯而易見的地方。「別再唱歌了，這裡是餐廳耶，老天爺。說到餐廳，誰能告訴我那該死的小牛肉哪裡去了？」

「閉嘴。」露西對我父親說，「能不能請你閉上嘴，羅傑？就這麼一次？」

父親的鼻孔大張，面目帶著不屑的輕蔑而鼓起。他一隻手掩著嘴，轉向德韋恩。「嘿，我不知道這個女的是誰。」他以大到整個房間都能聽見的音量說，「我也不知道她爲什麼住在我家。但老實跟你說，若有機會我很樂意上她。」

德韋恩爆笑起來，酒吧間的男士們，以及在門邊徘徊、戴夾式領帶的服務生也跟著大笑。露西的臉上全無表情。她鎮定自如地伸手越過桌子，從放在德韋恩肘邊的那包新港香菸中抽出一支。我們全都看著她站起身，拽過我父親椅背上的大衣。父親略微向前傾了傾身，他的叉子碰到空酒杯的杯身，敲出一記清脆的高音，不斷迴響直到他老婆走出了大門。

馬鈴薯麵疙瘩我吞得太快，一大塊像顆棒球卡在我喉頭，而我爸和德韋恩則狼吞虎嚥地吃著他們的小牛肉片。我氣得全身僵硬，氣晚餐的這場鬧劇，氣自己浪費了一個晚上，而明日此時我父親根本就不會記得。一等露西回來吃她盤中逐漸凝結的牛頰肉，我就準備告辭回家。

但十分鐘、十五分鐘、二十分鐘過去，露西還是沒出現。我起身。她不在吧檯，也沒有在外面人行道抽菸。我招喚來的那個無禮女侍在女廁也沒找到她。

「順道一提，她走了。」我跟父親說。

他皺起眉頭哼了一聲，好似我剛給他讀了一條令人不快，主題他也並不完全理解的新聞。

我試著撥打露西的電話。電話聲在我父親的褲袋裡響起。

我們又喝著咖啡打發了二十分鐘時間。那時餐館已經人滿爲患，侍者不等開口自動送了帳單來。我爸低頭望著那對折的小帳夾，卻沒有打開。他的雙眼疲倦而呆滯，帶著酒意。

「二百五十七塊，爸。」我讀出帳單，「順便說一聲，謝啦。」

「我沒法付錢。」我爸說。

「爲什麼？」

「皮夾在我大衣裡。」我爸說。我嘆了口氣，將我的信用卡塞進塑膠帳夾。

出到人行道上，雨已經停了，但秋涼化爲了眞實刺骨的嚴寒。我父親只穿著襯衫，雙臂環抱著自己，整個人縮進領子裡。「我幫你叫計程車。」我說，「你住哪間旅館？」

「不確定。」他說。

「王八蛋，」我吼道，「你不知道？」我抓住父親，翻出他的口袋，想找旅館鑰匙或房卡。他配合搜查，沒有抵抗，看著我的目光流露驚恐。

「還眞狠心。」德韋恩不以爲然地說。出於不明的原因，他還沒跟我們道別。「這樣對待自己老爸。」

「別多管閒事。」我厲聲說，「我們得找到她。她是步行。我看得花他媽一大筆錢搭計程車，試試能不能在街頭發現她。」

「容我插個嘴，」德韋恩說，「我有輛車可以用，很樂意載你們兩個小夥子繞繞。」

「你有車，德韋恩？」我說。

「確實有，」他說，「就在街角，我去開來。只是有個小問題，我停放車子的地方，得花點錢才能把車弄出來。」

「他想怎樣？」我爸問。

「他想要二十塊錢。」

「好啊，那就給他吧。」

「我不想給。」

「別唧唧歪歪了，」我爸說，「很晚了，我也累了。把錢給他。」

我拿了二十元鈔票給德韋恩，他慢悠悠沿街道晃去。我父親緊緊抱著自己，車聲隆隆，行人匆匆掠過，風吹亂了他稀疏的銀髮。「上車肯定舒服多了。」他說。

「不會有什麼車，」我說，「他不會回來了。你又白白浪費了我二十塊錢。」

父親踮著腳前後搖晃，遙望德韋恩消失的方向。

「跟我道歉。」我對他說。

他迎著風瞇起雙眼，整張臉像個緊握的拳頭。「道什麼歉？爲那些錢？爲了那張鈔票？」

「沒錯，」我說，「就從這裡開始，那二十塊，說你爲此感到抱歉。」

他低頭凝視人行道，一隻鴿子正啄著一根雞尾酒攪拌棒。牠用鳥喙銜起那根小桿，驕傲地沿街搖搖擺擺走去，在米尼塔巷右轉失去了蹤影。終於，我爸嘆了口氣，帶著懊悔輕聲說了些什麼。

「什麼？」我說，「再說一次，我聽不到。」

他做了個鬼臉，微微躬身彷彿肚子突如其來一陣疼痛。「主教。」他說，並轉過身去。

「主教。」我重複道。

「主教走到 G-5，牽制黑方騎士不得不保護皇后。」

幾秒鐘後，一台老舊的白色賓士停下來，德韋恩那張寬闊泛綠的臉在方向盤後對我們拋著媚眼。他伸手越過副駕駛座開啓車門。「你回來了。」我說。

「沒錯。」德韋恩說。

後座滿是報紙與被褥，封閉的車裡瀰漫著小便與髒衣服難聞的氣味。父親和我肩並肩坐在三人座椅上。風從副駕駛座的車窗吹進來，而我手越過父親去搖車窗把時，一塊碎裂的玻璃自窗框底部升起，碎片撒在我父親的大腿上。

「哎，某個渾蛋打破的。」德韋恩說。

我父親什麼也沒說。他的牙齒在打顫，嘴唇鬆弛濕潤地垂掛著。他看起來無可救藥地衰老，雙眼大而空洞。當下一陣哀傷襲來，我本想抱抱他或握握他的手，但德韋恩踩下油門，賓士飛奔過休士頓街。我們砰的一聲重重駛過一個坑洞，衝擊力讓德韋恩掛在後視鏡上一堆亂七八糟的破爛左搖右晃——有嘉年華的珠子、帶羽毛的廉價飾品、運動比賽的獎章——而我父親著迷地注視著那堆搖擺的雜物，那股陶醉就如同一個嬰兒望著掛在嬰兒床上方會動的玩具。他伸手抓住一塊微型新墨西哥州車牌，皺眉看著上面浮凸的字樣，寫著「魔幻之地」。

「這是什麼？」他問。

「只是我在路上撿到的廢物。」德韋恩說。

「不，是這兩個字，『魔幻』，又是什麼意思？」

「幹，」德韋恩說，「你知道什麼是魔法吧，羅傑？」

「當然。」我父親說。

「那就是了，就跟魔法差不多。」

父親靠著我，研究著那橘色浮凸盲文。「魔法之地。」他說。

穿越山谷

Down Through The Valley

當珍拋棄我投向貝瑞．克雷默的懷抱，那是個相當沉重的打擊。但她勾搭上他那時候，我們之間的感情早已所剩無幾。有好一陣子，我們就只是不斷尋找各式各樣的理由來爭吵。貝瑞是她的冥想指導，這是他那時的營生，後來他開始遊走各公司，教導管理階層如何保持內部溝通渠道暢通。我無視朋友們的建議，還鼓勵她與貝瑞來往，因爲他的課程似乎眞的讓珍稍微平靜下來，也讓她不再那麼常藉酒生火，爲了無可挽回的多年青春而咒罵我。但某天下午回到家，卻有個不怎麼愉快的意外等著我，就在我們家灑滿陽光的客廳地板上，珍只著胸罩坐在那兒，貝瑞的雙手則搭在她裸露的肩頭。我跟女兒瑪麗走進屋時，他們倆都跳了起來，開始扯說什麼貝瑞只是在示範一些新的指壓動作。我隨即用帶回來要接在浴室龍頭上的軟管狠抽貝瑞。我大吼大叫，嚇哭了女兒，並打壞了一些東西。我還保證會有更多更嚴重的暴力降臨，於是珍帶著貝瑞和瑪麗離開了。我記得她抱著滿手衣服站在門口，下巴的肌肉突起，跟我說我會對自己的所作所爲感到後悔。

她說得沒錯：我確實後悔，但過了一陣子，後悔的頻率跟程度都降低了。珍用合理的價格買下共有房屋我那部分的所有權。我在城外找了個地方住，是座落在六英畝土地上，重新翻修過的盒式小屋，院子中還有條小溪流過。除了有百萬隻黑胡蜂在牆板上啃洞外，這屋子很合我意。這些小傢伙製造出惱人的噪音，而到了週末下午，每當失敗及悔恨的感覺無法遏抑時，我發現朝那些洞裡噴灑毒藥是種轉移注意力的愉快工作。

我獨力開墾出一個花園，有隻我漸漸喜歡上的流浪貓會跑來玉米圈中生悶氣。我強迫自己尋找新歡，有段時期，我以爲同辦公室的一個女孩就是。她融化在我床上，但她也飽受憂鬱之苦，卻又珍視這種憂鬱。她常會打電話來對我長吁短嘆兩個小時，並希望我對她深刻的感受加以讚賞。我切斷這段關係，然後又開始想念她，希望自己起碼該想到要拍下她的裸照。

我每個月見珍一次，就是我登門借用瑪麗的那天。珍現在更漂亮了，因爲她戒掉酒精，投入貝瑞幫她安排的草藥療程。她似乎不再討厭我，而時常以某種刺耳的關懷對待我。「很遺憾前幾天晚上看到你偷偷摸摸地經過這屋子，」她有次說，「這對你沒好處。何況，如果你打算固定監視某些人，應該要修修你車子的排氣管。聽起來像是有個穿鎧甲的人被拖過街似的。」

好在我們分開後，那個夏天她多數時候都東奔西走，去了加州的門多西諾郡，貝瑞的老家，還去了奧勒岡州，以及亞利桑那州的塞多納市；回來後沒待多久，又動身前往山間的靜修所，去與雪松接合，體驗宇宙的流變。珍出我意料在九月一個大清早來電。我已經醒了，正聽著胡蜂啃咬我的屋子。

「靜修所這裡出了點意外，」珍說，「我需要你來接走瑪麗——還有貝瑞，如果可以的話。」

我對她大發雷霆，以為當成年人外出喝著無上旨意的瓊漿玉液，翩翩起舞時，瑪麗弄傷了自己。但珍說不是，受傷的是貝瑞。他從屋頂還是什麼地方摔下來，現在得回家，因為腳踝受傷讓他什麼動作都無法做。她解釋說，貝瑞沒辦法操作離合器，也沒辦法在珍修行時協助照顧小孩。如果我能來帶他們回去，她說，會是幫了個大忙。

我不喜歡開車到離開城市邊界太遠的地方，而且想到要跟貝瑞·克雷默長時間同車也讓我意興闌珊。但珍竟然想要讓我倆的關係進入可以開始相互協助的階段，還是讓我振奮。這是她會遞的那種橄欖枝，枝幹多於果實。我跟她說沒問題。

靜修所在州的西部山上，三小時車程遠。我跟隨珍的指示，沿著蜿蜒的偏僻小路開，在一處非常漂亮的地點停下車，大片廣闊的黃花原野一直蔓延到一座湖畔，湖水呈現簇新的牛仔褲藍，邊緣則被茂密的黑樹林染上一圈暗色。不久前，我在報紙上讀到一名女性在這附近離奇死亡的新聞。她和丈夫一起來露營，卻在一個周末失蹤。報紙繪聲繪影寫得好像是丈夫謀殺了妻子，但就在警方要指控他之前，一名獵人射殺了一頭黑熊，並在牠胃中發現了那名女士帽子的殘骸。對那位鰥夫來說這是個哭笑不得的好消息。

來到營區，我經過一名年輕女子，她坐在野餐桌上，正給懷中的嬰孩哺乳。小孩子們在木製遊戲架上玩雙腿倒掛。一個在豌豆園鋤地的男孩說認得我前妻，並指出她住的帆布營房。

貝瑞坐在裡面的地板上，受傷的腳架在一條長凳上。他看著我進屋。和上次見面相比，他的鬍子多添了些白鬚，但他依舊是個英俊的男人。沒有小腹、皮膚光滑、滿頭秀髮，比我帥多了。「嗨，艾德。」他說。關於腳的情況，珍沒有開玩笑，狀態很糟：從腳趾到脛骨都呈現灰色，踝關節上圍繞著一圈紫色銀河似的瘀痕。

我上前跟他握了握手。「要命，貝瑞，」我說，「你們在生壞疽前就該打給我。」

他看著自己的腳，做了個好像想要揮散某種氣味的手勢。「嚴重扭傷罷了，沒什麼。只需要好好休養一下，讓身體自行復原。氣人的是爲了待在這裡我先交了筆押金，現在他們不肯退還。你可能以爲在這種地方一切平分共享，但相信我，這些人每顆豆子都數得清清楚楚。」

門砰一聲關上，瑪麗走了進來。她一看到我，便閉上一隻眼睛，故作羞怯地躲到一旁。接著她朝我伸出雙臂，讓我抱起她，我照辦。

「我在跟賈斯汀玩，看我找到了什麼。」她說著將手腕轉向我，那裡的皮膚紅腫而黏膩。

「毒漆樹。」她語帶驕傲地說。

「好噁。」我說，又把她放下。「嘿，貝瑞，我想跟珍打聲招呼，你知道她在哪嗎？」我還沒跟她說自己已申請調職到溫泉城，那邊要開新的分公司。如果順利通過，我會獲得加薪，也會掌管幾名下屬。我想讓她知道這些進展。

貝瑞搖搖頭。「很抱歉，沒辦法，」他說，「她正處於隔離中。」

「嗯，那我探頭進去很快打聲招呼就好。」

「抱歉，但他們目前不會讓她接受訪客，任何人都不行，連我也不行。要三十六小時後才可以。想要的話或許可以留個話給她。」

我想了想。「免了，我想沒必要。不如直接上路吧。」

貝瑞用一根舊金屬拐杖撐起自己，上面的軟墊已經不見，改以折起的毛巾代替。我試圖幫他拿背包，但他大動作表示要自己拿。他跟在我身後奮力前進，每走五步就要停下來拉拉背帶。

我們抵達車邊，我幫他撐開車門，但他沒有立即上車。他拄著拐杖搖搖晃晃站在那兒，眺望著天空、原野，及秋季開始轉變爲雪酪顏色的樹木。他撓著烏黑的鬍子，大聲而貪婪地呼吸。「天呀，我會想念這一切。」他說，「眞眞切切、乾乾淨淨的空氣。感謝老天，還有些東西是那幫渾蛋還沒能貼上商標的。要離開這兒眞讓我痛不欲生。」

一群大雁從湖的遠邊飛起，在頭上組成一個斑斑點點的迴力鏢隊形。貝瑞將瑪麗舉起，讓她能越過車子看見雁群。他一隻手穿過她的肩膀，另一手扶住她的膝彎，將我女兒抱在肚子上，熟練的姿勢顯示他曾這樣抱過她很多次了。瑪麗雙眼盯著雁子，邊用髒兮兮的小手隨興扯著貝瑞的耳朵。我看著他們，他們看著雁子，雁子相互呼叫，叫聲就像在老舊木板上拔釘子。

我將前座豎直，好讓貝瑞爬進後座，將腳伸直。他先將拐杖伸進車裡，邊撐著座椅，邊慢慢將自己弄上車。那拐杖底端並沒有橡膠墊，勾住了椅墊，在塑膠皮上扯出一個皇冠形狀的小洞。貝瑞望向我，看我有沒有發現，然後愧疚地做了個鬼臉。

「啊，要命，」他說，「貝瑞，你這笨手笨腳的雜種。」

我嘆了口氣。「沒什麼大不了的。」我對他說。

他用手指摸著那道口子。「這樣吧，我們去買個工具套組，你知道有在賣的那些吧？我們可以修好的，輕而易舉。」

「那麼大的洞沒辦法。算了吧。」

我過去將前座調回來，但貝瑞用手臂擋著。「嘿，嘿，等一下，艾德。」

「怎麼了？」

「你沒必要生我氣，我們會修好的。如果沒法自己修，就送去哪裡修，我出錢。眞的。」

「沒人生氣，」我跟他說，「這台車是破銅爛鐵，補那裂縫的錢都夠我買另一輛車了。好了，小心你的手。」

「至少讓我賠你幾塊錢吧？」他伸手去拿錢包。

「不用。」

我幫瑪麗坐上副駕駛座，繫好安全帶，隨後啓程。很快我們就開始沿著與州界平行的山脊行駛。

前頭，一塊直入天際的高聳岩壁在道路上方若隱若現。形狀看上去像個烏鴉的腦袋，鳥喙爲了啄食蟲子而張開。「嘿，瑪麗，你覺得那塊岩石像什麼？」

她想了想。「一個屁股。」她說，並狂笑起來。

「有意思。」我說，「我沒看出來。」

「你們知道那是什麼嗎？」貝瑞從後座插話，「那其實是休眠火山的熔岩硬化而成，外層沉積物風化得比較快，所以只留下了山的核心澆鑄出的模子。」

貝瑞很快打起瞌睡。他的頭靠在我座位後面的車窗上，鼻息吹過他茂密的鬍子。他身上有股肥皂、汗水和酸奶的味道。

珍跟貝瑞廝混的時候，我跟很多人打聽過他的事。我認識一個曾跟他有過一腿的女士，她說他怪異的體味曾是個困擾，這我聽到很高興。她還說他有根大香蕉，辦事前會做呼吸練習，完事後會跑進廚房迅速做出一大碗甜菜沙拉。

我看向後視鏡。貝瑞將沒受傷的那隻腳架在瑪麗的椅背上。他的褲管拉起，露出跟鹿腿差不多粗的腿脛，上面覆蓋著粗黑的腿毛，茂密到可以在上面插根牙籤都沒問題。

我已經後悔幫珍這個忙了。我思緒萬千。和你老婆的新歡擠在一輛小達特桑車裡，你無法不回想起所有關於她的美好陳年往事，而想起這些一點好處也沒有。寒冷的早晨，她的腹部貼著你的後腰起伏。沐浴時她全身塗滿肥皂那滑溜溜的驚人觸感。許久前的一個晚上，你們親熱得如此眞摯，還弄斷了兩根四分之一吋長固定床架的螺絲。但一回播起這些老片段，很快門多西諾的貝瑞就會偷溜進畫面中，他裸露帶暗斑的臀部出現在你床上，蠟燭和薰香在床頭櫃上冒著煙。你可以看見他將黃色的拇指指甲塞進她比基尼內褲的荷葉邊鬆緊帶中，慢慢往下剝，或許還說著一兩句關於蓮花綻放之類的話。你不會願意去想像她如何在床上抬起屁股，張大了嘴充滿期待地打顫；或是貝瑞在她張開的兩膝間挺起上身做著瑜珈拜日式，舌頭伸出像是陷入可怕痛苦的提基神。你也不會想讓腦中浮現觀音坐蓮或是挺拔玉莖、聖堂之門這些東西，尤其當你還記得有一次，其實是好幾次，自己酒喝多了很晚回到家，整個人撲到熟睡的妻子身上，說著：「來嘛，孩子的媽，我們搞一下？」

這讓我覺得反胃。我抖落一身雞皮疙瘩，伸手拍了拍瑪麗的頭。她打起瞌睡來了。她在我手下扭動。「我睏的時候不要弄我。」她說。

我們轉上狹窄的州際高速公路，公路調頭穿越山谷。西邊，地勢猛然陷落，山脈轉爲平坦處，一格格的綠色農地看上去如桌球台般青翠鮮明。

我們開了一陣子，沒有人開口。瑪麗玩著手指，喃喃自語。外頭，太陽快速西下，巨大的陰影在群山之間積聚。其他車現在都亮起了燈，於是我按下頭燈的按鈕，也開啓了暖氣。瑪麗把手伸到風口，感受著吹上身的熱氣。

暖氣是我和珍過去經常爭執的焦點。她在我們家裡永遠覺得不夠暖，即便是七月中，她還是會想關上窗戶，打開暖爐。我不會把空調設定高過華氏六十五度，於是她便將火爐開得很旺，並伏在那邊，沉著張臉，像是守著炭火的穴居婦女。經常，我下班回家第一眼看到的，便是珍站在爐子邊，一頭糾結亂髮，身上的舊 T 恤鬆垮垮垂近爐台。我對她吼過這件事，但沒什麼用。她的睡衣著火過兩次，我們得制止她，放倒她，讓她在廚房地板上打滾。

身後的塑膠椅墊發出吱吱聲，我聽見貝瑞坐起身，打著呵欠。

「嘿，貝瑞，珍還老是會在爐子邊讓自己差點著火嗎？」

「就我所知並沒有。」他說。我把兩次意外的事跟他說。

「我不意外。她的血液循環很糟。」

「嘿，她還是會將一堆擤過鼻涕的衛生紙堆在床上嗎？老天，我還記得，她老放著一大堆用過的衛生紙。你爬上床的時候，噁，都快要吐了。她還是這樣嗎？」

貝瑞乾笑了一聲。「不予置評。」他說。

「什麼？」

「抱歉，」貝瑞說，「老實說，這讓我有點不自在，趁她不在場時在背後評斷她，有點不太公平。」

「只是閒聊而已。」我說。我就此作罷，沒有提到我眞正想問的問題，那就是我們結婚期間，珍一直爲一個相同的夢境所苦，不知現在是否仍是如此。自小時候開始，她就會作這種雙重噩夢。她會夢見有個男人站在床頭邊，然後夢見自己從噩夢中驚醒，卻發現眞有個男人站在床頭邊。這時候，事情將一片混亂。有時，她會跳下床開始狂奔，並因此而弄傷自己。她會撞上牆，有次還穿過了一扇滑動紗門。有時床單會纏住腳踝，讓她還沒動身便重重摔了個狗吃屎。到了早上，她臉上就會浮現清晰的黑眼圈。那些噩夢總是讓我嚇個半死。珍發誓那些夢不代表什麼，並不如表面所見，是關於某人自她小時候開始就佔有她的一段記憶。我想問貝瑞，在他們一起做的那麼多意識探索工作中，她是否曾提及那些噩夢。但我有種感覺，他會找辦法將問題轉到我身上，把那些噩夢變成我的錯。

天色漸黑，此時瑪麗在座位上俯身做了件奇怪的事。她低下頭，將嘴唇貼上排檔桿。最後整個把手都被她吞進了嘴裡，下巴撐得老開。一串口水滑落排檔座，在顯示板的綠色光芒中閃爍。我等著她停下動作，但她沒停。她似乎就這樣睡著了。我拍了拍她的背。「好了，寶貝，別這樣。」我說。貝瑞的腦袋再次浮現在後視鏡裡，不過後方車輛的燈光讓他的臉一片陰暗。

「沒關係的，艾德。」貝瑞說，「長途旅行的時候，珍和我會讓她這麼做。震動能讓她放鬆。她說這樣子牙齒感覺很舒服。」

「是喔，可是，這不安全。」我說，「好了，寶貝，放開坐好。」我扯了扯瑪麗的肩膀，但她不肯放開排檔桿，一動也不動。有些孩子，你可以把他們裝進桶子裡，滾下一大段樓梯，他們還是不會醒來。瑪麗就是這樣。「瑪麗，乖。」

貝瑞一副要說什麼的樣子，但接下來又沒說，然後他還是說了。「艾德，容我說一句，你就隨她去吧。珍說沒關係。這沒什麼危害，眞的。」

我看著瑪麗在那兒低著頭，排檔桿頭在她嘴裡打顫，一陣令人毛骨悚然的嗡嗡聲從塞住的嘴中溢出。這眞讓我渾身不對勁。我一手托住瑪麗的下巴，將她從排檔桿上撬下來。問題是，她的牙齒稍微咬到了嘴唇，於是當她在座位上直起身子，眨了幾下眼睛，摸了摸嘴角的一點血跡，便哭了起來。

「看吧，艾德，我就跟你說，你讓她……」

「貝瑞，」我說，「多謝你的意見，但不管你想說什麼，若能把話留在心裡，我感激不盡。」

「嘿，別這樣，艾德，你不用這麼敵視我。」他說。

瑪麗長長地吸了一大口氣，我知道那將會化爲聲量吐出來。

「我沒有敵視你，貝瑞。只是我現在不想聽該死的監護人指導。」

有強大的肺活量支撐，瑪麗開始長而低的啼哭。她啼了幾聲，然後就坐在那兒嗚咽。

貝瑞靜候了一秒，然後說：「她受傷了嗎？」

「沒有，見鬼，貝瑞，她沒受傷。」我揉著瑪麗的背，「心肝寶貝，你沒事，對吧？」

她氣急敗壞，搖著頭。

「喔，老天爺，你沒有事，寶貝，你好得很。貝瑞，她沒事，只是嘴唇有點小傷痕而已。」

「有流血嗎？」

「貝瑞，能不能請你先閉上嘴？好嗎，拜託？」我轉向瑪麗，抹去她臉頰上的一顆淚珠。「好啦，寶貝，我要怎樣才能讓你不哭呢？你餓了嗎？要來杯奶昔嗎？去吃點好料好不好？」

「不要。」她說，這句大概拉了十六音節長。

「唉，該死，你當然要。」我說。我陷入想砸東西的情緒。我將收音機開得很大聲，捶著方向盤正中央，但捶得很輕，免得敲響喇叭。

一股霧氣隨我們下了山。籬笆柱在微弱的車燈下迅速而黯淡地搖曳隱現。翻過一座丘陵時，我們驚擾了一隻正在路中央吃東西的負鼠。牠猛然轉身，眼珠在車頭燈中閃著平板的黃色光芒。

貝瑞換了個姿勢，他的腦袋再次浮現於兩座椅之間。「艾德，能否把音量調低一點？」

我照辦。

「抱歉。我覺得該說點什麼。」他說。

「沒關係，你已經說了不少啦。」

「不，我想道歉。我剛剛不該在那邊放馬後炮。我有時候就是口無遮攔。」

「算了。」我說。

貝瑞用手摀嘴咳了咳。「嘿，艾德，聽我說，我想讓你知道，我眞的很感激你好心來載我一程。這事有點尷尬。我是說，我們其實並不是什麼好哥們之類的，但我眞的認爲這樣很好，這很重要，讓我們有機會單獨相處一小陣子。」

「是啊，相當溫馨。」

他繼續說：「不管喜不喜歡，我們現在，實際上，我們四個，都是一家人了。而我最不樂見的就是我的存在對你造成威脅，或是以任何方式……」

「你沒有對我造成威脅，貝瑞。」我跟他說，「我只是沒那麼喜歡你。」

他靜了下來，長嘆一口氣。「好極了。你的態度還眞好，艾德。」

貝瑞緩緩沉陷回他的座位中。我將收音機音量重又調高，快速駛過夜色。

我們在一片矮坡的坡腳發現一間餐廳，是棟窗戶閃著霓虹燈的小木屋。過去近四十分鐘，貝瑞一直賭氣不說話，這幾乎跟他那充滿鼻音與優越感的說話聲同樣難以忍受。

「嘿，後面的。」我說，語氣裡帶著無可動搖的歡欣鼓舞，「我要停車喝杯咖啡。想吃點東西嗎？」

「好吧。」貝瑞嘟囔道。

我停好車。瑪麗和我動身穿過停車場。夜晚的空氣中瀰漫著廚房門邊油脂儲藏櫃的味道。貝瑞慢條斯理地跛著腿跟在我們後面。瑪麗和我在吧檯找到三張空位。這間餐廳很歡樂，凹凸不平的松木嵌板上掛著許多破爛：鐵製農具、足球賽勝利的裱框剪報、汽車車牌，以及幾個蓋了戳記重新發行的復古廣告錫牌，廣告上紅嘴唇的黑人正露齒而笑。雖然不是什麼值得紀念的所在，當地人還是將滿是馬克筆潦草字跡的美鈔也紛紛釘在板上。還沒來得及阻止，瑪麗已伸出手從她凳子邊的方形支柱上撕下了一張鈔票。吧檯女侍瞧見她動手了，是個腰線高的女孩，低領上衣露出長著雀斑的深深乳溝。我從瑪麗那兒拿過紙鈔，遞給那女孩。「張開嘴的話，她會連你的補牙填料都偷走。」我說，「拜託別叫警察。」

女孩笑了。她一隻手捧著臉。「留著吧。」她說。我覺得再下去跟她或許有點搞頭，但她卻拿著托盤溜走了，而貝瑞·克雷默也一瘸一拐地走進來。他沒看我，但在瑪麗旁邊坐下。

他點了烤起司、洋蔥圈和紅酒，紅酒是裝在旋蓋的小瓶中直接送上來。等待餐點上桌期間，他開始吃起吧檯上的一盤椒鹽卷餅。

在此同時，吧檯邊逐漸塡滿急於放鬆的人們。幾個身穿人造纖維套裝，貌似銀行櫃檯人員的女子正一口吞下龍舌蘭，吸著萊姆汁。角落裡，一個戴黃色太陽眼鏡的小鬼架起了一座DJ台，放著低音音樂。DJ的一名夥伴溜進舞池，身體的每個部份各自跳起神經抽搐般的都市舞步。過了一會兒，銀行女櫃檯們相互調笑著下了凳子，上前想跟跳著舞的男孩同樂，但他把她們當路標塔似的逡巡穿越，踩著自己的舞步離去了。

吧檯另一頭，一名穿著粉色高爾夫球衫的矮小男子正喝著啤酒，看著安裝在吧檯後的電視。他肯定不過二十出頭，看上去一臉不爽，一臉希臘人樣，有個長長的鼻子，眉毛和美人尖之間有著半吋高的額頭。過了一會兒，有個又高又瘦的女孩進來坐在他身旁。他沒看她，不過其他所有人都在看。她差不多六呎二吋高，像隻穿著緊身牛仔褲，漂白後的長頸鹿，臉上畫著超乎她年齡所需的濃妝。她將手肘支在吧檯上，拳頭撐著臉頰，怒氣沖沖地向那小個子男人吹了口氣。那小子喝著他的啤酒，裝作沒注意到她。

「我在家裡等你耶。」她說。

「哦，我不在家。」他說，雙眼緊盯著電視。

「廢話。」女孩說。她拾起一根調酒吸管，拿來挑著指甲縫。

我們的餐點來了。我將瑪麗的起司漢堡切成小塊。她會將每塊漢堡先拿起來舔一舔，才放進嘴裡。我從沒見過這種吃法。我幫她點了塊派作爲甜點，她從派裡挑出兩顆櫻桃後，便整塊不吃給我了。我將派三口吃下了肚。已經很晚了，而從這裡還有兩個小時沉悶無趣的路程才到家。

但貝瑞沒完沒了地吃著烤起司。他慢吞吞地將起司拖過盤裡一攤芥末醬，咬一口，咀嚼了差不多十分鐘才嚥下去。他偷聽三張凳子外一個粉刷工人正在說的笑話，並在笑點處大聲笑了出來。他看著酒保耍小把戲，將一個空瓶置於吧檯邊緣，用掌心往瓶頸一拍，酒瓶便騰空翻轉，畫過一道高高的曲線準確落在角落的垃圾桶裡。貝瑞和所有人都在鼓掌，除了吧檯那頭的年輕情侶。那名男子的晚餐上桌了。當那女的想吃一口他的三明治時，他將整個盤子一把推向她。

「吃個夠吧。」他說。

「你今晚哪根該死的筋不對呀，路易斯？」

「沒什麼。只是覺得要是能他媽的吃上一頓沒你插手的飯，或許會挺有意思，不過算啦。」

女服務生經過，男孩朝著她喊：「嘿，珍妮，你的咪咪今晚看起來挺開心呀。」

「是嘛，其實它們內心正在哭泣。」她扭頭對他說。

高個女孩瞥了女服務生一眼，又轉回男孩身上。「我們去切諾基那兒吧。」她說，「唐和麗莎在玩牌。」

「你自己玩得開心。」他說，「順便轉告那渾蛋，他欠我一條壓縮機軟管。」他將一張鈔票拍在吧檯上，帶著啤酒走了出去。女孩翻著白眼，好似蠻不在乎，但大門還沒合攏，她便起身追了出去。

我們正要走回車上時，他們倆就在停車場裡。那時候事態有些升級。女孩逼得男孩背靠一輛藍色GMC小貨車，手指戳在他臉上，秀髮飛揚。我抱起瑪麗，快步往車子走去，那對男女持續大聲爭執。

我幫瑪麗繫好安全帶，然後幫貝瑞把椅子往前移，但他背身站著，目光望向那對不開心的情侶。

「上車嗎，貝瑞？」

他沒動。戲越來越精彩。貝瑞看著男孩試圖避開自己高大的女友，坐進貨車裡，但她不斷咆哮擋住他的去路。他猛然往她胸口一推，讓她跌坐在地上。

「老天爺，」貝瑞說，「我們得做點什麼才行。」

「我們要做的是離開這裡，讓這些年輕人私下解決。」

他擰起一張臉看著我。「唉，艾德，我為你感到遺憾，真的。」

女人沒有在地上待很久，一秒後她已起身，朝著小個子男人揮舞白色長臂。男人抬手甩了她一巴掌。像是棒球進了手套的清脆聲響傳到我們耳裡。

「我的老天。」貝瑞說。

他撐著拐杖衝向那對年輕人。我上車發動引擎，以為可以讓他放棄任務，但他義無反顧。貝瑞進入那對男女差不多吐口水可及的範圍，停了下來。泛光燈的藍光灑落在他周身，形成一個明亮的圓錐體。瞧見他，男女停止了互相攻擊。貝瑞開始用平靜的門多西諾腔調說話，有一段時間，起碼他的加州魔法起了效用。兩個年輕人瑟瑟縮縮，忍受著貝瑞說教，像一對被逮到在露天看台下胡搞瞎搞的九年級生。那種順從維持了大約九十秒，接下來男孩對著貝瑞吠叫，並舉起拳頭作勢攻擊。那小子還不到他喉結高，但貝瑞撐著拐杖急退了幾步，躲在攤開的指掌間，保護著自己的臉。

然而他沒有撤退。男孩揮舞著他的啤酒瓶，貝瑞抬起雙掌朝上，在腦海中播放著一些影片，影片中他是備受愛戴的和平使者。某方面而言，我是眞的想看那個穿高爾夫球衫的年輕蠢貨搶過貝瑞的拐杖，把他像音樂盒裡的芭蕾舞者一樣插起來轉。但話說回來，如果貝瑞挨揍，我知道珍肯定會認爲是我的責任，並爲此怨恨我好一陣子。

我將瑪麗從副駕駛座抱起，放到後座。然後我快速駛過停車場，搖下車窗，呼喊貝瑞的名字。男孩對著我說話，腎上腺素飆升讓他飄飄然站立不定。

「有問題嗎，娘砲？」

我向他微笑。「一點問題也沒有，豬頭。」我說，「只是要帶我的朋友走，然後你就可以回頭繼續揍你的女朋友了。」

男孩將酒瓶扔了過來，在我的車門上砸得粉碎。瑪麗尖叫出聲。我眼前冒出一片紅霧，同時我也下了車，朝他走去。貝瑞擋住我的去路，說：「不要，艾德，老天，算了啦。」我走過他身旁。小希臘人佯作勇敢地咧嘴笑著，我猜是希望他裝出來的殺手假面，可以讓我嚇得忘記他矮了我四吋，輕了六磅。怒氣在我胸口膨脹翻騰，我心知不該任其宣洩得太過，只要給他鼻子一兩拳就好。或許把他的皮帶扯下來，稍微抽他個幾下。我擺好架式，抬起手，接著我就陷入了夢境。那是在曼非斯珍的父母家舉辦的一場晚宴。狂風在屋外呼嘯，閃電劈啪劃過窗戶。我正和珍的父親講話。「寧惡勿蠢呀，艾德華。」他喃喃低語，「寧惡勿蠢。」

清醒時我仰躺著，下巴作疼。那小傢伙在我身下，以一種複雜的全身固定式纏繞著我，某種摔角隊用的技術，讓我無法掙脫。他的雙腿勾住我的兩膝，一隻手臂扣著我的喉嚨，空出的另一隻手握拳猛敲我的太陽穴。貝瑞高聲呼救，那聲音有如帶有鼻音的警笛，壓過了揮拳聲與呼吸聲，以及我們在泥土地上掙扎轉動的細小噪音，而其實他眞正需要做的只是將拐杖底端塞進男孩平整雪白的牙齒間，整個身體一靠，整件事就完結了。

這年輕屎蛋讓我束手無策。我無法動彈或呼吸。因挫折和痛苦而眼淚直流。我正心想除了躺在那兒等著失去意識外，沒什麼好做的，此時，唷，我往下一瞧，發現那男孩的臉正處在一個很方便的位置，就靠在我的肋骨旁。我抬起手肘往下揮，他虛弱地咒罵了一聲。我再來一次，第二記肘擊正中他的總開關，他吐出一口氣，掐住我脖子的手臂鬆開了。第三記，我的手肘感覺到有什麼東西令人作嘔地塌陷了，就像一根生的雞骨頭在剪刀下應聲而斷。那女孩在尖叫，踢我，隨後有人將她拉開。這時候，一小撮熱心的公民已經湧出餐廳。我從那小鬼的身上滾下來，他連吭也沒吭一聲。

我吐出些熱燙濃稠的東西，沾上了我的下巴。我試圖站起身，但在吧檯後見到過的那個男人過來一手按住我。「你別動。」他說。他手中還有支小號的鋁棒。我坐在靠近保險桿的泥土地上。人群中不見貝瑞，也不見瑪麗。高個子女孩來到男友身邊，對著他悲鳴，懷抱著他的腦袋。他的臉頰自眼睛下開始凹陷，那畫面慘不忍睹。

車門沒關的警示音停了，我猜是哪個好心人摸走了我的車鑰匙。我想看看是誰，但酒保用靴子碰了碰我的腿。「你還是別動，等警察來吧。」

「他先動手的。」我說。

「而你是最後停手的。看起來還多給了好幾下。你待著別動。」

我無所謂。我並不眞的想去哪裡。我往後躺下，試著慢慢呼吸，氣管感覺好像給人塞滿了灰燼。我閉上眼睛。可以感覺到陌生人包圍著我，以及血液在耳朵裡呼嘯奔騰。我得理清自己的說詞，還得想想若警察決定拘留我過夜，貝瑞和瑪麗該怎麼辦。但這一切似乎都很遙遠。

那一刻我腦海中浮現的是關於珍作噩夢那些夜晚的記憶。有時候那夢境也會感染我。我會和她一同尖叫著驚醒，幾乎就要看到那個男人和我們同處一室，心知只在千鈞一髮間錘子或斧子就要落在我的後腦上了。她會起身，開燈，檢查衣櫃、床底，而我也會起床跟她一起檢查，且不是出於她的要求。等我們終於回到被窩，會在黑暗中好一陣子不成眠，半夢半醒，心臟狂跳，掛念著屋裡所有未曾想到要檢視的地方。

豹

Leopard

早安。

你沒睡好。別睜眼。伸出舌頭，探查一下上唇的瘡包，祈禱經過一晚已經消失。沒這麼好運，還在那兒，舌頭能感覺到凸起，儘管非常小，直徑還不如鉛筆頭上的橡皮，但感覺要大得多。你母親說這是無害的真菌感染，對你的憐憫也不如預期。

它的口感比樣貌要好。那真菌就像個微型漢堡，破裂呈黃褐色，就長在人中凹槽地帶的正中央。昨天在學校餐廳，賈許．馬宏當著一桌朋友的面，指出了兩者的相似性。考慮到你有多麼想成爲賈許．馬宏，這眞讓人痛不欲生。

他轉向你說道：「嘿，楊西，能幫我個忙嗎？」

「什麼事？」你說，難得受到賈許關注而暗自興奮不已。

「你能坐到那邊的座位去嗎？」他說，並指著桌子遠端那頭。「你那該死的漢堡在我面前晃，我午飯吃不下去。」即便是你也不得不欣賞這話的簡潔詩意，同時立即引發了所有人對你的瘋狂嘲笑，直喊你「漢堡王」、「漢堡排」，或「全牛堡」。這些稱號接下來一整天都揮之不去，而今早肯定也將在學校迎接你。你十一歲，正是自我的本質向我們自己以及這個世界，無可救藥地開始逐步展露的年紀。正如有著羽毛般飄逸秀髮，穿著白色麂皮鞋的馬宏，是個無可救藥的足球健將和穿搭達人，而你則是個無可救藥的真菌人。

今日別去上學。裝病。

你的母親進房叫你。在家裡，她總穿著沾了油漆的牛仔褲跟舊T恤，透過上衣鬆垮的袖口，你時常會瞥見她的腋毛。但今早她穿著上班用的藍色棉緞襯衫與白色緊身褲，是透露著秘密生活的一套衣著。「我覺得不舒服。」你跟母親說。

「哪裡不舒服？肚子嗎？」

「對。」你說。

「喔，老天，」她說，「希望不是那個最近很流行的病。」

「我不知道是什麼，」你淺淺地喘著氣說，「只是眞的很痛。」

她將手放在你的額頭上不動。她的手掌乾燥涼爽。你一向很喜歡她的手：修長纖細的手指，搭配乾淨飽滿從不需拋光的指甲。她右手食指的關節上有個完美的紅點，好似造物者蓋上的品質優良標記。她的手指下滑到你胸口。你的肌膚因汗水而溼滑。你穿著校服、牛仔褲，和一件防風外套睡覺，如同一直以來的習慣，床上還有一落落胡亂堆疊的雜誌跟書籍圍繞身旁。你明年就十二歲了，但通常仍能享受孩童那種深沉平靜的睡眠，就算在木板箱裡你都能酣睡八小時。

母親的手指掠過胸骨，這讓你不太舒服。最近那裡冒出了一片大而痛的青春痘，母親觸碰到的時候，出於羞恥而陣陣作疼。你身體的這個區域是憂愁的來源，部分原因是多年前，有個保母跟你說，所有男孩在青春期胸口都會發展出一塊柔軟的區域，就像嬰兒的囟門，只要擊打這塊地方就可能殺死一個人。你現在知道，那保母是個大騙子，甚至比你自己還糟糕。

他曾跟你說在佛羅里達州，有一群殺人小丑，你如果犯了罪，他們會拿著菜刀追殺你。他還說醫生執行墮胎的方式是先將嬰兒生下來，然後將嬰兒放進桶子裡哭到死去。然而，關於胸口的弱點，你還是不確定保母有沒有撒謊。這想法讓你著迷。你扭動掙脫母親的手。

「怎麼，你想待在家裡？」

你再次嚥了嚥口水，閉上雙眼。「我不知道，大概吧。」

「好吧。」

她親吻一下，然後起身，低著頭以免撞到床的上鋪，上面堆滿了舊毯子和一箱箱你母親的物品。她小心點是對的。才不久前，你的腦袋狠狠撞了上去，眼底閃過一道強烈的白光。你氣得拿求生刀攻擊這張床，造成難以息怒的輕微傷痕。床架上的小缺口和凹痕令人沮喪地標記著這次毫無意義的攻擊。

你腦袋後方的架子上擱著父親在你十歲生日送的卡式磁帶錄音機。你有一大堆卡帶，裡面全是你喜歡的歌，是從廣播錄下來的，所以每一首開頭都漏了幾秒，但你不介意。你想放自己的錄音帶來聽，但你能聽見繼父在廚房裡走來走去。他弄出一片嘈雜，乒乒乓乓的碗盤聲和跌跌撞撞的腳步聲，聲音大到讓你猜想他肯定是故意的。你不碰錄音機，因爲不想讓他知道自己已經醒了。

他和你母親生活在茂密樹林中一塊二十英畝的土地上。你繼父自以爲是某種社會主義的拓荒者，沒有正常的工作。他太忙於照料自家三座大花園，以及爲他說服你媽買下的那台柴火爐劈柴。他以辛勤勞動爲最高價值，而每次你一轉身，你的繼父就在面前，等著將一根掃帚塞進你手裡，或是給你一堆濕衣服要晾，或是叫你去搬柴、擦水槽、挖洞。「我有個工作給你」是你繼父的口頭禪，你有時還會模仿這話來逗你母親笑。

你用大拇指搓揉過前臂一塊柔軟泛白的肌膚，去年夏天被迫做的一項工作所造成的脫色還沒復原。你繼父要你清理大約一英畝的忍冬、灌木和藤蔓，他想在那邊搭個棚子。工作到一半，他和你母親出門後，你往樹叢淋上除漆劑，並點起火。你謹愼地將水管置於觸手可及之處，而火勢也沒有失控。你用一小時的火就解決了三天的工作。但煙霧籠罩了你，兩天後毒藤過敏猛烈爆發。你的手上、脖子上、眼瞼上都冒出水泡，然後破裂再結痂成許許多多棕色的小寶石。醫生說如果當時吸入了煙霧，可能會要了你的命。你聽到這話，只覺很遺憾沒有吸上一兩口：不足以致命，但因爲繼父強迫的工作，害得你必須在氧氣室待上一段時間，這想到就令人痛快。

如果繼父要你放下手邊的一切去做某樣家務，而你拒絕，這稱之爲「頂嘴」。「我受夠了你頂嘴。」他會這麼說，或是說：「你他媽再頂嘴試試看。」他是個纖瘦、秀氣的男人，戴著金屬細框眼鏡，但無論是他纖細的身材或像好萊塢惡棍那種老掉牙的說話方式，都無減你對他的畏懼。他搧過你幾次耳光。不久前，你的生父過來接你，和你繼父發生了爭執。他將你父親推倒，隨後撿起一塊足球大小的石頭，作勢要砸向你父親的腦袋。但最後他只是將石頭扔到一旁，哈哈大笑。接下來的許多年，每當你想起父親，他蜷縮在草地上，雙手抱頭，絕望地抵禦石塊致命攻擊的景象，都會浮現在記憶一角。你在倒數滿十六歲的日子，武斷地認定到了這個年齡，你就可以跟繼父單挑了。

十二點半，你聽見前門開啓又甩上，接著你繼父那台樹葉粉碎機黃蜂般的嗚嗚聲響起。他又在製造護蓋物了，這東西在他眼中似乎比食物或金錢更寶貴。現在起床就安全了。你進廚房倒了一大碗麥片，拿到你母親和繼父的臥房去吃，屋裡只有這房間有電視。你高興地發現U頻道正在播《太空仙女戀》（I Dream of Jeannie）。珍妮有些生氣，因爲尼爾森少校的朋友們用一個可怕天才的藝術品塞滿了整間屋子作爲訂婚禮，是一批會發出咕嚕嚕消化聲的雕塑。芭芭拉．艾登的小腹讓你極爲興奮。你將手伸進內褲裡摸索。幾乎是同時，你聽見樹葉粉碎機停了。你關掉電視，跑進廚房，安坐在桌邊。你的繼父走進來，散發著濃厚的葉菜香，閃閃發光的手臂和胸膛上黏著葉子和樹皮的碎片。「感覺好點了嗎？」他問。

「並沒有。」你說。

他將粗糙的手拍上你的額頭，那手聞起來帶著芬芳的汽油味。「我覺得不怎麼燙。」

「我是胃痛。」

「你吐了嗎？」

「沒有。」你承認。

「你一定感覺好多了，否則不會喝牛奶。如果可以喝牛奶，那肯定好了很多。」

你不覺得這跟牛奶有任何關係，但你不想跟他爭辯。

「我還頭痛，」你說，「我只是覺得該吃點東西才好。」

他懷疑地冷笑，用鼻子哼了口氣。作爲一個年輕的騙子，你通常理所當然地假設成年人有更重要的事要擔憂，而不是去抓一個孩子每次撒謊時的小辮子。但你的繼父似乎有相當多的時間，去研究並懷疑你嘴裡說出的每一句話。他會花好幾天蒐集證據，證明你說自己沒有咬的那支筆上有你的齒痕。你對繼父的憎恨佔據了你所有心力，且連綿不絕，但這只是因爲你的世界還很小，而繼父在你的人生故事中又扮演了無比重要的角色。你的繼父似乎懷著與你同等的精力和毅力在討厭你，而這似乎證明你母親嫁給了一個小氣又危險的孩子。

「你該呼吸點新鮮空氣。」你繼父說，「你去拿信吧？」

這不公平。車道是半英哩長的碎石路，得走上十五分鐘，而繼父很清楚你病了。

「爲什麼？媽媽回來吃午飯時就會拿。」

「你去拿，」你繼父說，「新鮮空氣對你有好處。」

「其實，我還是有點頭暈。」

「我賭一個熱巧克力聖代，你死不了的。」

你赤腳走過草坪，腳趾下的土地遍布鼴鼠洞。這是個炎熱的秋日，澄澈的天空讓樹木看上去像後面襯了藍色布幕的電視道具。腳底夏天生的繭已經脫落，而車道的碎石很尖銳，導致你走起來蹦蹦跳跳，手肘高舉，樣子就像隻正要起飛的鳥。你將礫石造成的不快怪罪給繼父，並每走幾呎就抓起一把石頭扔進樹林，希望那幾把石頭得花費一大筆錢才能重新補上。

你經過柴堆跟雞舍，穿過一片樹林，你曾在那裡圍繞著一棵橡樹底搭了間漂亮的坡頂小屋。那是相當好的小屋，是用被風吹落的樹枝以刨刀打磨光滑後搭蓋，再用松葉桿覆頂而成。有一天，樹林另一頭新搬來的鄰居家男孩出現，你們有了點摩擦。隔天你發現小屋的骨架四散在空地上，而你貯藏的那些毫無吸引力的零嘴——生腰果、香蕉片——全被倒在泥地裡。你跟繼父提到了這次蓄意破壞，於是某個禮拜天早晨，當那男孩和家人上教堂時，你們倆徒步穿越樹林，毀掉了男孩雙親土地上一間昂貴的樹屋。你繼父扯下鐵皮屋頂，用鐵撬砸毀梯子。你用石塊砸破玻璃窗，同時為展現的力量感到痛苦——你們倆竟處在同一個狂野而正義的陣營。

你打開信箱。裡面塞滿了雜誌、帳單、型錄，及展示著肉品店一排排各式鮮紅牛肉的廣告傳單，那景象讓你唇上的瘡包一陣悸動。郵件加起來肯定有十五磅重，是抱病之人不該承受的重擔。在成疊郵件的頂部，有樣東西吸引了你的目光。是張手工自製的傳單，上頭列印的照片看上去是一頭豹。「寵物走失」，傳單上這麼寫著，下面附有一支電話號碼。一股涼風從你的頸子往下竄。你轉頭望進樹林，不過什麼也看不到。樹葉還沒開始落下，視力所及不超過二十呎深。你將目光轉回傳單上。那隻豹看上去骨瘦如柴，不足爲懼，但知道牠可能就在外頭，在你家附近陰暗的野松林裡移動，長著斑點的爪子無聲地踏過樹根、松針，以及過去漫不經心的人們隨意扔在那兒，爲葉子所掩藏的陳年啤酒罐和專利藥瓶，你的心跳還是稍微加速了點。有頭豹在其中遊蕩，這片林子現在似乎不同以往了。

遙遠的車道另一頭，你可以再次聽見樹葉粉碎機嗚嗚的啓動聲，這聲音裡帶著驚人的粗暴和愚蠢，是作踐了你週遭這片活生生的森林中那有致的聲響和細微的律動。要是這頭豹就在附近某處，牠肯定被你繼父對寂靜的褻瀆所冒犯。對一頭豹子來說，悄悄溜到身後把他叼走，不留任何痕跡，是輕而易舉。

將近一點鐘了，是你母親回家吃午飯的時間。你不想單獨和繼父待在屋裡。在你生病的日子，你特別的休息日，他還要你走過長長的車道，一想到還是令你怒火中燒。你走了十幾步，一個計畫隨即閃過腦海。小心翼翼地，你將郵件隨意凌亂撒在車道礫石上，看起來就好像是突然落在那兒的。你自己則慢慢躺進一條車轍中，張開四肢，模樣就好似一個被昏迷咒語擊中的人。當你母親的車彎進車道，就會發現你躺在那兒。她或許得猛踩剎車免得輾過你，但你在車道夠深處，相信她應該不會意外撞上你。她會邊哭邊滿懷憂慮地走向你。你會在她好言哄勸下，全盤托出繼父如何逼你來拿信的故事。

不要動。別在意嵌進臉頰的碎石。別壞了這場景。也可能她根本不會上鉤。她已經對你繼父有關你的說法半信半疑：他說你是個小騙子，一張嘴就要撒謊。

一隻蟲子，大概是隻無害的黑蟻，爬過你的腿肚。很多分鐘過去了。隨著時間推移，起先對自己計謀的巧妙而暈陶陶的得意感，開始被羞恥感所侵蝕。你決定等到十輛車駛過柏油路，要是你母親的車那時還沒來，你就起身回屋去。

到了第六輛車，你聽見突然的剎車，倒車，然後轉進車道。那不是你母親的車。這台車有著大而運轉順暢的引擎。也許是UPS快遞或某個要調頭的人。別動。

一扇門打開，你的舌頭因警覺而發熱膨脹。你緊閉著雙眼。硬底鞋嘎吱作響地踩在碎石地上朝你走來。有人向你俯下身。

「唷哦，小兄弟……嘿，嘿。」是個男人的聲音，高亢而緊張。一隻手輕推著你的肩膀。

「醒醒，嘿，小老弟。」

男子大氣不敢喘一口。溫暖的手指找到你脖子側邊，探著你的脈搏，讓你嚇了一跳。可以睜開眼睛了，注意要眨一眨，就像電影演員從昏迷中轉醒那樣。首先映入眼簾的是隻閃亮的黑皮鞋，八成是塑膠皮，其上是合成纖維的灰色褲腿，乾淨筆挺的程度彷彿是用模具鑄造出來的。你瞥了眼男人的皮帶，一把黑色大手槍安坐槍套裡，再往上可見乾淨的灰色襯衫上別著鉻黃色警徽。他很年輕，雙眼從麵團似的大臉上凸起，托著臉的金色鬢鬚還沒長齊。

「好了，沒事。」他說，「放輕鬆。」

若有誰需要放輕鬆，肯定不是你而是這位警察。他的大頭在領口轉來轉去，以公雞追蹤甲蟲的犀利目光檢視評估著你身體的狀況。「你還好吧？」他又問道，「會痛嗎？有哪裡流血嗎？」

「我……我想沒有。」

「你住在這裡？」

「對，對，我沒事。」你說，邊坐起身。警察將手放在你肩頭。

「慢點。」他揉揉眼睛，「老天爺，你差點把我嚇死，小兄弟。我瞧見你和散落一地的郵件，還以爲，喔，眞要命，還以爲自己也許碰上了一樁駕車槍擊案，或者起碼是肇事逃逸。瞧瞧這個。」他邊說，邊轉過臀部秀出槍套，槍套上固定槍枝的扣帶已解開。他似乎太過年輕和緊張，拿槍讓人不太放心。

他問著你感覺如何，過去是否有過昏倒的經驗。

「沒有，我很好。」你跟他說，並站起身。「但還是謝了。」開始撿拾信件。運氣好的話，他會回到暫停的巡邏車上，然後離去。你的母親隨時會回來。沒有多少時間慢慢走到車道彎處，公路上瞧不見的地方，再重新搬演一次那場面。

警察用一隻厚實的手拉住你的胳膊。「來吧，到車上涼快一下。」

在警察的協助下，你拾回信封跟目錄。他領你坐進巡邏車的副駕駛座，並將儀表板上的每個風口都扳過來對著你直吹。他催起油門。儀表板上湧出的微風奢侈地清涼，還帶著一絲微弱的藥味，感覺就像牙科診所的候診室。你母親的所有物中沒有一樣聞起來如此明亮乾淨。

突出儀錶板的是支擱在金屬架上的霰彈槍。座椅上散布著其他警用工具——黑色大手電筒、看似包著軍事皮套的記事本。不知何故，這些東西比霰彈槍更眞實，更可怕。霰彈槍跟你在電影中看到的一模一樣，反而顯得不太眞實。

「感覺還好嗎？」他問你，「沒有頭暈什麼的？」

「沒有。」你說，「我現在很好。完全沒事。」

「這裡是怎麼了？」他問，指著自己的嘴唇，表示問的是那個漢堡包。

「我之前也長過，只是眞菌感染。」

警察看了你一會兒，鼻孔因反感而上揚，隨後他取下無線電。「二—零—五，二—零—五呼叫，」他說，「你可以取消羅傑路的通報了。只是個小孩子頭暈昏倒，現在沒事了。」

他邊說邊對你眨了眨眼，不過你不太清楚是爲什麼。這麼容易被愚弄，讓你心裡有點瞧不起他來了。

警察說個不停。「告訴你件事，」他繼續說，「今天下午我都不用喝咖啡了。見過你躺在那兒的樣子後，我一整天都會精神抖擻。說起來，要命呀，我確定我們手上還有另一件孩童命案。」

聽到「另一件」，你的耳朵豎了起來。去年春天，跟你同一所小學的九歲女孩薩曼莎·蜜莉，被發現赤身裸體地吊在公共高爾夫球場的一棵楓樹上，脖子纏著一條曬衣繩。事實上，就在她死前幾星期，你還在公車站遇見過她。她是個吵吵鬧鬧、無所畏懼的小姑娘，有著嘶啞而迷人的笑聲。在那個下午，她不斷試圖把幾個男孩的褲子扒下來，並為了好玩大聲罵著髒話，讓她的哥哥都覺得面子掛不住。她是個令人興奮的女孩。

你還沒有過初吻，但已經開始為性事擔憂。只比你大兩個年級的孩子都已經在體驗了。

當你得知謀殺薩曼莎·蜜莉的兇手將繩索套上她脖子前，曾強暴過她，你腦中浮現的念頭是：

起碼她死的時候不是處女了——這念頭甚至無法跟你最邪惡的那些朋友分享。

你有股猛烈的衝動要開口說話，讓自己不要再一個人想著薩曼莎．蜜莉的謀殺案。你將那頭豹的傳單拿給警察看。「你有聽說這事嗎？」你說，「有隻豹在外頭跑來跑去。」

他接過傳單，審視了一下。

「有人養來當寵物。」你說。

「嘿，我不知道有誰會把這玩意兒養在家裡，但我可以肯定地告訴你：這些人八成是危險分子。」

「毒販。」你說。

「有可能。飛車黨，也可能。」警察說，「我發誓，這整個區域都變了。你根本認不得了。過去這是個美好的小鎮，現在變成了那種什麼事都有可能發生的地方。」

他將傳單還你。你朝車門伸手。「那麼，謝了。」你跟警察說，「我差不多該走了。我爸可能在找我。」你拉了下車門把手。鎖上了。

「噢，你別想亂跑，小老弟。」他說話時口氣裡帶著嚴肅的慈愛，讓你不太自在。「我開車送你。你要是再倒下，撞到頭，我麻煩就大了。」

他將警車開進車道，車子緩緩前行。未修剪的荊棘和樹苗枝葉劃過車身，發出斷斷續續的尖銳聲響，讓你很尷尬。

「謝謝。」一等屋子進入視線，你便跟警察說，「多謝你送我，以及一切協助。」

他望向樹葉粉碎機的方向，你繼父背對你們站在那兒。「那是你爸？」他問。「或許該跟他談談。」警察說。你不希望他這麼做，但無能爲力。

你和警察一起穿過草坪朝繼父走去。草坪叢生著一種特殊的野草，當觸碰到時會爆發出種子。小小的種子雲在警察閃亮的鞋子周圍爆開，並落在褲腳上。你繼父持續朝粉碎機裡餵著樹葉，直到警察來到三呎遠處，他隨即轉過身。他瞇起眼睛望著警察，再望向你。他汗如雨下，赤裸胸膛上的毛髮都捲曲成幾十個深色的漩渦。他關掉粉碎機，看上去受打擾而抱著敵意。

「你哪位？」他問。

「我是貝倫斯警官，先生。我開車經過的時候，發現你的兒子躺在車道上。他著實讓我嚇了一大跳。」

「嗯。」你繼父轉向你，眼睛周圍的肌肉緊繃著，「你躺在車道上幹嘛？」

「我不知道，」你說，「我只是頭有點暈，然後就醒過來了。我猜我是昏倒了。」

「他人就趴在那兒，郵件撒了一地。」警察說，「我不知道是怎麼回事，嚇了我一跳，我還以爲他中槍了。」

「也許你只是坐下然後就睡著了。」你繼父過了一會兒說，「八成就是這麼回事。」

「我沒坐下。」你說。他就像往常一樣質疑你的說詞，即使有個執法人員就在身邊替你佐證。「我是倒下。」

你繼父用拇指和食指掐住你的下巴，來回轉著你的臉，好似是件他考慮購買的商品。

「你一定摔得很輕，」他說，「人暈倒的時候會重重倒下。你一點傷也沒有。」

「我不知道自己是怎麼摔的。」你說，「我又沒在旁邊親眼目睹。」

「好了，進屋去，馬上。」你繼父說。

但你一動不動。你不想動。太陽溜進了一片雲後。有什麼事——你不知道是什麼——就要發生。你感覺到了，於是你站在那兒，捧著郵件，拿雜誌尖銳的邊角刮著下巴，一根珍貴的鬍鬚最近剛從那兒勇敢地冒出頭。

「我能及時發現他還眞是天大的好運。」警察說。他似乎想方設法要得到你繼父的握手或幾句謝詞，你爲此同情他。「誰知道呢?可能有人快速轉進來輾過他。眞是萬幸。」

「是啊，相當走運。」你繼父說，然後轉向你，「進屋去呀，等你媽回來。」

但你待在原地不動。接著，曬衣繩後方的樹林裡，你聽見有根樹枝折斷，還有什麼龐然大物在樹林陰暗處扭動的聲響。你的呼吸變得急促短淺。你閉上眼睛，想像著，那頭豹，肩膀一起一伏，邁著大步越過草坪。

「嘿，」你繼父說，邊輕輕拍著你的臉頰，「你怎麼啦？又要暈倒了？」

別回答。仔細聽。別動。

你眼中的門

Door In Your Eye

我的女兒，我在她家的頭一晚，她馬上就想讓我陷入恐慌狀態。我連湯都還沒喝完，她就非常興奮地拿出一疊相片。她將相片放在塑膠密封袋裡，就算遇上洪水都安全無虞。那些照片拍了什麼讓她需要如此謹慎呢？某人倒斃在夏洛特公寓前的街道上，胸部中彈，是個十八歲左右的黑人。「看見了吧，爸？就在這裡？看見血正從他嘴角滴下來嗎？我發現的時候他才剛死不久。」

「那又怎樣？」我對她說，「就是個死人，我認識他嗎？這附近可怕的事還不夠多，我還得看這個？」

但我女兒對自己拍的照片興奮不已，她逼我一張張看過，直到警察和救護車抵達，路障破壞了她的拍攝角度。「後面就沒什麼好看的了。」她拉下嘴角說道，「什麼也看不到。還沒實際看到屍體變僵硬，他們就把我擋住了。」

「你已經看太多了，夏洛特。」我說，「你根本就不該看，然後你轉頭又拿給我看。還眞是讓人感覺賓至如歸的好主意呀。」

她將整疊相片重重往桌面敲，好排列整齊，隨後收回密封袋裡。「我只是要說，這裡不像波茨維爾。你在這裡得小心點。」

「我不怕這地方。」我說，「我見過世面，也有點經驗。」若眞要說怕，我倒怕自己的女兒，一個發現屍體時，頭一件做的事是拍下一百張照片的成年女性。我什麼也沒說。夏洛特單身，但結過一次婚。我們幫她辦了一場盛大而愚蠢的婚禮，燕尾服、白色禮車和走來走去的風笛手一應俱全。婚姻持續了十個月。婚後，夏洛特上了一間又一間的學校，囤積各種學位，最新的一個是公共健康領域的學位。她年屆四十一，臉蛋仍有幾分姿色，但已經跟許多婦女一樣腰帶下有些份量了。

「我不想這麼說，爸，但你太天眞了。」她說，「這城市裡到處都會出事，而你永遠不知道會是哪裡。這是個危險的地方。」

「那又怎樣？難道我就整天待在屋裡，爲自己的生命擔心受怕？」

「當然不是。還是有很多好地方可以去。納許維爾街上有個明茨中心，那裡有遊戲玩，有牌打，印象中還會提供午餐，而且不收錢。」

「我會去瞧瞧。」我說，「那裡有什麼樣的妹子？」

「老的，我猜。」她說。

「我不介意。」我說，「或許可以去獻點殷勤，給自己找個不錯的女友。」

「哦，是嗎？有在研究搭訕手冊？把招式都記下來了？」

「才沒有。」我說，「我沒什麼招式。我的招式就是和藹可親，或許你也該試一下。」

我女兒別過頭，搔著她粗壯的白胳膊。夏洛特不喜歡聽我跟女人的事。她把我帶到這兒唯一的原因就是一段風流韻事。我在波茨維爾和一個西班牙小姑娘廝混。我女兒感覺我對她浪漫過了頭。那又怎樣？我老婆已經過世七年了，我身邊又沒其他人。

我回頭繼續吃飯，這讓夏洛特把手指塞進耳朵，望著大腿喃喃自語。

「你怎麼啦，寶貝？」

「都是你和那碗湯的關係。你跟每個人說喝湯不要出聲，但我就算刻意學也沒辦法像你喝湯喝得那麼大聲。」

「好啦，不喝了。」我說，「我吃甜點。」

「有些奶油核桃冰淇淋。」她說。

「有巧克力醬嗎？」

「應該有。」

「我想淋上巧克力醬吃，麻煩了。」

她拿了我的盤子走進廚房，高跟鞋一路喀喀作響。這間公寓裡一切動靜聽起來都大聲而怪異，因爲夏洛特雖然在此住了兩年，卻沒多少家具，也沒有鋪任何地毯。

透過開著的窗戶，可以聽見更多敲打聲從對街傳來。有個男人正站在上層陽台，使勁敲著門。我解開輪椅的剎車，轉個方向好看得更清楚。他敲了好一陣子，但沒人應門。等到夏洛特回來，男人已經氣惱到用力捶著沿屋子邊緣走的錫製落水管。這嚇壞了一排棲息在電線上的綠色小鳥。牠們成群在空中亂竄，發出嘶啞的鳴叫。顯然，這名男子過去曾這樣捶打過幾次水管。水管已經被敲得很慘，歪七扭八像根殘破的菸蒂。

夏洛特將冰淇淋放在我面前。

「瞧瞧那個小丑。」我說，用湯匙指著那名男子。「他一定是把老婆惹火了。她把他趕到外面像個渾蛋一樣猛敲門，不放他進去。」

夏洛特輕輕笑了笑。「呃，還真巧，那裡住的不是誰的老婆，我們的這位鄰居呀，」我女兒以一種鄭重而輕蔑的語氣說道，「是個妓女。」

「夏洛特，」我說，「那女的對你做了什麼，你要在背後這樣惡意中傷她？」

「我沒有惡意中傷，我是實話實說。」夏洛特說，「她靠跟男人上床維生。看著吧，她那裡一天二十四小時都有男人進進出出。」

彷彿是爲了證實夏洛特的觀點，就在這時門開啓了一道縫隙。男子停止了敲打，溜進屋裡。街道恢復寂靜，綠色鳥兒也重回電線上。

隔天，夏洛特去上課，我則待在屋裡。我沒辦法去明茨中心，對我來說太麻煩了。雖然夏洛特說過要叫房東來幫台階加個斜坡，但還沒實現。其實，我不是眞的需要輪椅。我只是喜歡坐輪椅，因爲可以節省精力，我的精力。我的看法是，如果我整天就不過是從坐的地方站起來，走到另一個地方再坐下，那還不如就一直待在椅子上。

我會寫日記。上面除了天氣，我什麼都不寫，而關於天氣我也不多廢話。「溫暖，晴朗。」我寫的大概就這些。然後我會用一小套水彩工具組畫天空。不是畫一整片天，只是畫大概一張撲克牌大小的範圍。過去我會在日記裡寫更多話，但等我回頭看自己寫過的東西，我發現自己成了個廉價新聞記者，專報自己生活中不愉快的事——何時跟老婆吵了架，或給了女兒多少錢，或是有次在餐廳吃飯時，一名女子癲癇發作跌下了椅子。於是我不再寫字，決定堅持只畫畫跟記天氣。這稱不上什麼日記，但最起碼，很準確。

大約正午時分，我帶著畫具出到門廊。陽光打在臉上，我吃著夏洛特留給我的芥末臘腸三明治。吃完後我著手工作。那日的天空不太尋常，上面有太多變化，我得連畫三張才能完整涵蓋。電線上方的部分相當容易——就是單純的一片藍。但下面往密西西比河的方向有一大片綠色暗影，其中有閃電瘋狂亂竄，這需要花些心思跟仔細才能畫得眞確。第三張是呈現一縷暗影的接合處，暴雨雲在此滲入藍天。

我肯定花了有一小時畫我的水彩畫，而在這段期間，三個男人拜訪了對街公寓樓上的那名女子。一個是留著大鬍子，帶著越南農民帽的瘦削黑人。女人也許不喜歡他的外貌，因爲那頂帽子或身上其他部分，她讓他猛敲水管差不多十分鐘才放他進屋。第二名顧客是個年輕的白人小伙子，穿著寬鬆的短褲，露出粗壯的粉色小腿。她根本不讓他進門。在我看來這表示女子或許是個有趣的人物。她不是任何人都接，而是有某種顧忌。第三位是穿著制服的警察，他連一分鐘都不用等。我興奮起來，以爲他會把妓女上手銬拖出來，而我終於可以一睹她的眞面目。可是並沒有，十五分鐘後這狗雜種自己出來了，開著車離去。如果我是個正直公民，就該記下車號，跟警局舉報。但就我所知，這種事整個該死的部門肯定都有份，如果舉報就是自找麻煩。不管怎樣，我對那女子還是非常好奇。每次有訪客，門就會開啓，男人消失在門內，不見女子的身影。我連她的手也一次都沒見到，讓人很氣餒。這就像在看風，你只能藉她移動的東西感知她的存在。

警察離去後，我等著其他人上門，但沒人來，所以我進屋午睡。天要黑的時候，夏洛特回到家。晚餐我們叫了外賣中餐，然後夏洛特說她要去上舞蹈課。爲了讓我不無聊，她從圖書館借了套影集回來，是我已經看過的《刺鳥》（The Thorn Birds）。夏洛特出門去跳舞，而我不知道要做什麼。我打電話給蘇菲亞，那個我在波茨維爾認識的女孩，但沒人接。

九點一刻，我上床睡覺。睡著後，浮現的夢是一段眞實的回憶。我夢到克勞蒂亞．梅斯納，她是我中學時一個狂野的女孩。有一次，她說希望我在墓地裡吻她，我說好。於是我們跑進一塊墓地，她挑了塊漂亮的大石碑坐上去，我在那兒吻了她。她嘴裡有正在吸吮的黑莓糖果味道。過了一會兒，一個年輕人開著車過來。他說，嘿，你們兩個不能在這裡親吻。

干你什麼事？我說，態度很強硬。

該死，我才不在乎，他說。但那是我叔叔的墓碑，我嬸嬸看見你們兩個在這裡，讓她快要抓狂了。她要我來叫你們下來。

於是克勞蒂亞和我去了高速公路旁的一小片樹林，躺在藤蔓中，直到我們的嘴唇發疼。這對我來說是段非常美好的回憶。可是我沒把夢作完，因爲我女兒跳完舞回來時，將頭探進我的房門，並說：「嘿，爸，我回來了。」一如她小時候的習慣。我的房裡很暗，而克勞蒂亞還留在我腦海裡。我說：「哈囉，夏洛特，來見見克勞蒂亞，她正跟我躺在同一張床上。」

夏洛特什麼也沒說，只是打開明亮的頂燈，看著我在床上眨眼睛，然後又把燈熄了。

我在夏洛特家度過的頭一星期情況就跟第一天大同小異。早上，我女兒會出門去學校，留下一個三明治給我。我無所事事。畫水彩畫及觀察對街的女人——這就是我的工作。前者還是靠後者餵養支持。我太想見到那名女子，所以會在門廊待上好幾個小時，畫著我的畫。我不只畫天空的小樣本，還畫所見到的一切——電線桿上那些複雜的附加裝置（在這個土地濕軟的小鎮沒辦法將電纜埋地下）、一棟棟的小屋，還有街上一個巨大的坑洞，人們試圖用垃圾將其填滿，裡面還伸出一根掃帚用以警告駕駛人。我畫了排水溝裡一隻碩大的死老鼠，屍體腫脹嚴重，可以看見牠的皮在毛髮間閃耀。附近，有一群禿鷹在徘徊，卻對那具屍體視若無睹，彷彿在說：我們知道自己吃可怕的東西維生，但還是有個限度。

我不知道那個女人是如何承受這麼大的工作量。從早到晚男人在她的階梯上來來去去，但觀察了三天，我還是沒看到她。我只要抬頭瞥一眼那扇門窗上掛著米黃色破布的門，心跳就會加快一些，體溫也會上升一兩度。她長什麼模樣？在那屋裡快樂嗎？有些男人會帶著包裹來。不知道她是不是這樣取得日用品的。為了一隻雞或一罐豆子獻身，因為她無法在超市裡面對自己的鄰居。整條街從頭到尾，一整天，我看著人們自屋裡進進出出，只有我跟那名看不見的女子被困在家裡。說起來荒謬，但我感覺自己和她因此而有了連結。

第四天下午，那天是星期六，夏洛特說要用當季最後一批軟殼蟹幫我弄頓像樣的晚餐。她出門去生鮮食品店。我待在門廊上，卻碰見了難以置信的事。有人試圖放火逼那女人出來。是個我沒見過的男人，淺膚色，穿了件背後用亮片組成帝國大廈圖案的夾克。他一開始也是尋常地敲打水管，當這招不管用，他掏出了打火機並拿火焰抵著門。我本該喝止或報警，但在人生中我又一次做了懦夫。你為這種人報警的話，不用多久，就輪到你的房子著火了。恐慌讓嘴裡泛起一股酸澀金屬味。但我只是坐在那兒，看著他，什麼也沒做。

那男人持續了一會兒，但沒辦法成功，只在門上留下長長的焦痕。最後，他放棄了，氣呼呼地跑過街。我是一宗重大罪案的目擊證人，而我有義務。我推輪椅回到屋裡，翻箱倒櫃找可以寫點字的東西。我找到瓦斯公司寄給夏洛特的一只信封。我在信封背面寫道：「你好，我的名字叫亞伯特·普萊斯，是4903號的新鄰居。我目擊了週六下午有人企圖縱火燒你家的門。我可以描述他的樣子。」我留下女兒的電話號碼。然後我從輪椅起身，拿了一支枴杖，步出大門，走進吹得正緊的強風中。穿過大街我沒問題，但通到那女人家的階梯對我來說是很大的挑戰。等我爬上最後一階時，已經上氣不接下氣。

原本的打算是將信封塞進門內就離開，可一旦爬了上來，就很難依計畫行事。我已經見過那麼多人敲門試手氣，現在就像面對免費的輪盤一樣難以抗拒，你非得賭一盤試試不可。

我敲了門。沒動靜。我再敲，加了點力。正準備轉身時，聽見裡面傳來腳步聲。門開了，只打開一條縫。我只能看見一隻眼睛從縫裡往外張望，漂亮的淺褐色大眼睛。那隻眼睛有點惹人注意的不對勁之處，瞳孔較一般大，形狀也怪，下端延伸穿入淺褐色的部分，整個瞳孔就像是萬用鑰匙的鎖孔。

「好啦，」她低聲說，「你想怎樣？」

我措手不及，說不出話來，依然大力喘著氣。「我住那邊。」我指著下面女兒的房子說，「要命，不好意思，這給你。」我把信封交給她。

她沒什麼興致地看了看。「你還好吧？要來杯水或別的什麼嗎？」

「老實說，我是需要點水。」我說。她打開門。我朝身後的街上瞥了一眼，街上沒人會看見我，只有條狗在嗅著下水道。我踏進她屋裡，並首次見到她的全貌。

她不是我心裡設想的那種妓女。她年紀比較大——比我年輕，但以她那一行來說偏大許多歲。她的頭髮已經發白，緊緊地綁在腦後，如貴格教派的女性一樣得體。她面容光滑，骨骼勻稱，沒穿任何吊襪帶、蕾絲，或是臥室裝束，只穿了件乾淨的白色V領T恤，及秀出一雙美腿的藍色牛仔裙。我不知道該如何看待她。

裡面有個小門廳，然後是更多台階。我慢慢地走。

「你確定沒事吧？」她說，「希望你不會在這裡暈倒。我今天很忙。」

「不，我不會的。不過，需要喝點水是眞的。」

她走進廚房，打開水龍頭。她的屋子跟地下室一樣陰暗涼爽，單間的屋子中央擺了張床，一側有個小廚房。一張桌子上擺了台舊縫紉機，塑膠外殼都泛黃了。床上蓋著被褥，中間凹陷下去，女人剛在那裡睡過午覺，或可能取悅過什麼人。一盆番茄立在窗邊，上面結了顆紅色大果實。

她拿著水回來，我兩大口喝下肚。「還要再來點嗎？」她問。

「好，麻煩了。」我說。

她倒滿杯子，拿回來給我。

「嘿，我只是想跟你說，我名叫亞伯特·普萊斯，是你的鄰居，就住在對街。」

「我知道，」她說，「你整天待在那個門廊上，好像害怕有人會來偷走似的。」

「呃，很抱歉打擾你，但剛剛有個男人在外頭，拿著打火機企圖燒掉你的門。」

她咯咯一笑。「那是勞倫斯。」她說，「他認爲我欠他東西，但我什麼也沒欠他。」

「或許沒有，但他可能會傷害到你。」

「我倒想看他試試。」她說。

「我看到他試了！」我跟她說，「他試圖燒了你的房子。」

她半閉著眼，搖了搖頭。「勞倫斯喜歡虛張聲勢，不會來眞的。」她點了支菸，吐出一縷煙雲，再從鼻子吸進去。「你多大年紀，亞伯特？」

「八十三歲。」我說。

她的眉毛揚起又落下。
「而你大老遠跑上來就爲了跟我說這個？」她倚著牆，雙手抱胸。「就爲了告訴我勞倫斯的事？沒有其他我能幫上忙的地方嗎？」
我得想想。我這輩子從來沒找過妓女，除了有一次，在德國，幾個同袍偷偷帶了個鼓舞士氣的女孩進軍營，我想她還沒滿十五歲，而我們全都輪番用盡可怕的方式佔有她。
這不一樣，是個成年女性。我想像著親吻她，手在她的肌膚上遊走，然後一個念頭閃過腦海：這或許是我最後一個有機會碰觸的女人。終止計數你生命中的女人，我尋思著，這意味什麼呢？
我的呼吸聲是屋裡最大的聲響。我覺得有點站不穩。「我可以坐一下嗎？」我問她，「可以坐在你床上嗎？」
「我不介意。」
「你叫什麼名字，小姐？」我的心跳聲大得我什麼都聽不見。

她用手指摸著喉嚨，半閉的眼睛仔細打量著我。「卡蘿。」她終於回答。

我伸手將水杯放到桌上。我的手在抖，所以放下時弄出很大的聲響。

「很美的名字。」我說，儘管並不特別這麼覺得。

「謝了。」她說。我可以看出在上衣下面，她並沒有穿胸罩。

「好吧，卡蘿，假若只是要你過來躺在我旁邊呢？我只是希望我們兩個在這裡就這麼躺上一會兒。這樣要多少錢？」

她疑惑地臉一縮跑出了雙下巴。「你他媽在說什麼鬼，亞伯特？」

「我的要求不多。」我說，「我只是想兩個人一起在這裡躺躺。現在，我口袋裡有二十塊錢。全都給你。只要躺一下就有二十塊，在我看來似乎是相當好的買賣。」

卡蘿隨即高亢悅耳地笑了起來，眞是相當美妙的聲音，我都不記得上次自己說的話能讓人這樣開懷大笑是什麼時候了。等她終於控制住自己，她說：「等等，亞伯特，你以爲我是個妓女？」

我什麼都沒說，她又笑了起來。

「妓女。」她摀著嘴嘀咕，「這會要葛蘭達的命，會笑死她的。」

「什麼？」

「付錢讓我陪你躺著。」她用手掌擦著眼睛，「我這麼隨和算你好運，亞伯特。大多數人，聽你說出這種話，你麻煩就大了。」

「要是你不想，那是你的自由。」我說，現在有點生氣了，「只是請別把我當傻瓜，我瞧見男人在這裡進進出出的。」

「亞伯特，你全他媽搞錯啦。」她說，「我不賣身。」

「不賣？」

「該死的沒錯，我賣的是藥。」

「噢，我的老天。」我說。

「幹，這條街每個人都知道。我賣給所有人。就算是街角那些住大房子圍大鐵欄的人也賣。」

我一隻手摀著臉。「噢，天啊，我道歉。」

「沒關係。」她說，「你弄混了。」

「噢，老天爺。」我說。

「沒關係，」她說，「現在，既然你都上來了，亞伯特，告訴我，你需要什麼樣的貨？我有安眠藥、止痛藥、幫助心情的贊安諾。都是從墨西哥帶上來的，絕對比在藥房買便宜。」

「我不需要那些玩意兒。」我說，「我以水當藥，這就夠了。」

「我有些溫和的草，能幫助你的食慾。你如果想留在這裡，最好增加點體重。這城鎮不適合瘦子，這裡是大個子的地盤。」

我想了想。「你說的是大麻？」

「嗯哼。」

「那這樣吧，我跟你買根大麻菸。」

「一根？」

「沒錯，」我說，「來一根。管他的。」

「得啦，亞伯特，只買這麼一小根老大麻煙多沒意思。我還有帳單得付哩。」

「我身上就只有這張二十元。夠買一根大麻菸嗎？」

我舉起那張鈔票。

「可以。」她說，並拿過鈔票。她伸手到床下，掏出一個塑膠容器，裡面裝滿一袋袋的大麻。她從其中一袋裡捏了些出來，然後坐到床邊的一張椅子上。她沒有捲菸紙，所以就清空一支香菸，開始小心翼翼將那玩意兒塞進掏空的脆弱紙管中。

「能問你一個問題嗎，卡蘿？」我問。

「要看是什麼問題。」她說。

「你那隻眼睛怎麼了？」

「有點毛病。我能辨別明暗，但也就只能這樣。」

「是喔，但怎麼會這樣？」

她沉默了。「外力衝擊。」過一會兒她說，「視網膜剝離。」

「喔，那是什麼樣的外力讓它剝離的？」

她嘆了口氣。「事實上，是顆子彈。來自一把點二二口徑的手槍。我丈夫開槍打我。反正他們是這麼說的。」

她將大麻菸遞給我。這支菸彎彎曲曲，似乎不值二十美金。「你來點，卡蘿。」

她聳聳肩。「我也吸幾口。」

她用火柴點上，深深吸了一口。

「所以你是什麼意思，『他們是這麼說』？你不認爲他開槍打你？」

「說實話，也很可能是我自己幹的。我記得槍有那麼一刻是在我手裡。」

「我要說，以一個臉上中槍的人而言，你看上去挺好的。」

「哦，事情發生時我看上去可不好。我的眼睛腫得跟顆籃球似的。你知道在醫院病床上他們是怎麼把你撐起來吧？我就那樣坐著，血這樣流下來，流過這裡劃出一個完美的十字架。他們把全部的護士和護理人員都叫進來看這十字架，彷彿是什麼神蹟。但我在那家醫院裡想的不是上帝，現在也不會想到祂。」

她把菸遞給我，我吸了一口。「那你那時候想的是什麼？」我停止咳嗽後問道。

「我就只是沉浸在中槍的感覺裡。不過是被個小東西碰了一下，只是碰的速度非常快，你就變成這樣了。如果來得很慢，你一點事也不會有。唯一的關鍵就是速度。」

屋裡一片寂靜，然後我開口：「你中過槍，眞有意思。」

她眉毛對著我一沉。「是啊，還眞他媽有意思。」

「不是，我的意思是，這是我們之間有意思的關聯，卡蘿，我也中過槍。」

「沒唬爛？」

「沒唬爛。在德國，戰爭期間，就這兒。」

我把衣領拉到一邊讓她看我的傷疤。似乎引起了她的興趣。她探過身來，手指在疤痕上來回摩娑了幾下，非常輕柔地。接著她拉上我的衣領，用手將衣服撫平。

「德國人打的？」

「不是，」我說，「是我自己的士官。這是戰爭快結束那時候，我們沒剩下多少裝備，沒有大炮或重型武器，但不知道為什麼，他想要我們越過易北河，到戰火最熾烈的地方去。我說在沒有砲火掩護的情況下想渡河，根本就是自找死路的白痴行徑，我可不幹。突然，在我身後，一支手槍擊發，那傢伙竟對我開槍。我心想：『上帝，我的死期到了嗎？』等到我痊癒的時候，杜魯門總統已經扔下了原子彈。」

卡蘿對我微笑。她的牙齒非常雪白整齊。「你信教嗎，亞伯特？」

我試著想了一下，但無法集中思緒。大麻讓我頭上腳下的。我聳了聳肩。上衣的布料在皮膚上感覺很新奇，我又再聳了下肩想體會。

「當然，」最後我跟那女人說，「上帝是個很棒的人，我喜歡他。」

卡蘿聽到這話露出美麗笑靨。

「你說得沒錯，」我過了一會兒說，「這玩意兒的確讓人很想吃東西。」
「你餓了？」
「喔，是啊。」我說。
「呃，別看我。」她說，「我現在沒辦法煮東西。今天我很忙。」
「那個呢？」
「哪個？」
「那個番茄。可以吃吧。」我說，「看起來已經熟了。」
「你想吃我的番茄？」
「是啊。」我說。
她伸出手將番茄從藤上摘下，遞給我。
「你不來一點？」

「不了。」她說，「你盡情享用吧。」

我咬了一口。很美味，充滿濃郁的綠色藤蔓氣息。滿溢的汁液流淌，卡蘿還得要我暫停，去拿了條毛巾回來。汁液流過我的下巴，可以感覺到鬍子因此變重了，但我不在乎。

快吃完的時候，卡蘿示意要我到開著的窗戶邊。夏洛特回到家了。她來到門廊我空著的輪椅邊，手裡拿著裝螃蟹的白色紙袋，來回擺著頭掃視街道。

「那是你女兒？」

「正是。」我說。

夏洛特大聲呼喚我，喊叫聲如同用擴音器一般響亮。

卡蘿好似沒聽見。她舉起我們剩下的那一小截菸。「你還要再來點嗎？」她問。

「不了，謝謝。」我說。

她舔舔手指，把菸掐熄，然後拋進嘴裡吞了下去。

樓下，夏洛特再次呼喚著我。「你不去處理一下她嗎？」卡蘿問。

我把手放在窗台上，將整顆頭伸進午後。風吹過我濕潤的嘴唇和下巴，傳來一陣涼意。

「嘿，」我朝著女兒大喊，「嘿，夏洛特，看上面。」

狂野美利堅

Wild America

貓脖子上的鈴鐺喚醒了她。牠帶了東西給她：一隻從巢裡偷來的雛鴿，皮開肉綻地攤在潔西的枕套上。那玩意兒是粉紅色，幾乎半透明，有著紫紅色臉頰和一圈淡紫色橢圓圍繞著眼睛。看上去像塊半煮熟地橡皮擦，夢想著有天能麻雀變鳳凰。潔西短促地尖叫一聲，然後起床衝進浴室，並將身後的門帶上以將貓關在臥室裡。她的期望是得再次開門面對那隻鳥之前，貓已經將牠吃了。

十一點三十分。她的母親應該在藥房數藥片，一直到晚上八點。這讓潔西得跟她的表姊瑪雅共度一天，她會在這裡住上一星期。四天前，瑪雅從山上下來拜訪，之後她要去一間提供給州裡最優秀年輕舞者免費就讀的公立學校。在潔西看來，瑪雅已經在這裡待太久了。小時候，她們幾乎每個夏天都開心地一起度過。她們搭檔撐過夏令營的折磨，偷山區池塘裡的蠑螈，偷夏洛特鎮上藥房的巧克力和口紅，後來還從瑪雅鬱鬱寡歡的母親那裡偷葡萄酒跟止痛藥。初吻是在相互嘗試中獻給彼此，只是爲了練習。有一年夏天，潔西十歲時，她們吃下對方膝蓋上的結痂，以此立誓，有朝一日要在卡羅萊納海灘上的連棟房屋中共同撫養家人。

但當青春期襲來，讓兩個女孩步上不同的命運，以結痂當午餐建立的連結也就不值一提了。再過三周就要滿十六歲的瑪雅，已經長成五呎十吋高的螳螂女，有著人人稱羨的身段和遠近馳名的芭蕾舞姿；而潔西依舊頂著油亮的下巴跟額頭，以及像個泡菜罐的身材趴趴走。瑪雅經常為芭蕾大師紐瑞耶夫（Rudolf Nureyev）長吁短嘆，並說愛上一個死去的人是多麼痛苦。她會借用紐約評論家的話來表達對自己藝術表現的擔憂：「要在精準和激情之間找到平衡是如此困難。」這話對潔西來說就跟鯨魚唱的歌一樣難解。她為膝蓋和腳踝珍貴的軟骨而發愁，說著：「如果得淪落到重新回去做模特兒，我絕對不會原諒我自己。」不過眼看著，她已經出現在當地一家連鎖百貨公司的廣告傳單上了。

倒不是說潔西缺乏自己的天賦。她有著充滿自信與磁性的女低音唱腔，從來不走音。三年級參與歌舞劇演出時，她演唱的頌歌〈草莓酒〉飽含孤寂與渴望，讓長得像白髮滴水石獸，除了「肌肉靠收縮來作用」以外不曾說過任何感性話語的體育老師，也不得不拭淚。那又怎樣？你沒聽過潔西喋喋不休地說全曼哈頓或納許維爾很快都將爲她拜倒。不，她計畫在藥劑學或物理治療領域發展職業生涯，如果找到個能彈一手好吉他的老公，或許會在家裡唱上幾句。瑪雅受上天垂青，高高飛過生命中的荊棘，而潔西也並不羞於做一塊誠實的小石子，坦然滾過尖刺。

儘管這可能是這對表姊妹共度的最後一個暑假，瑪雅卻無禮地表現出毫無興趣與潔西相處。到目前爲止，瑪雅拒絕和她表妹一起做的事情有：去商場滑冰、看電影、參加兩個街區外的秘密啤酒派對、逛街購物，以及看義務救火隊縱火燒一間廢棄的屋子，再將火撲滅。瑪雅似乎認爲整個夏洛特地區所有的景點都是沉悶無趣、令人厭煩的偏僻荒野——而這人自己的家鄉就只有火車鐵軌、二十多個鄉民及工匠，以及幾條狗而已。對這種人你能怎麼辦？直到她星期一去上舞蹈學校前，你沒法再對她說出什麼好話，這正是潔西下樓時打定主意要表現的態度。

陽光暖過的密閉房間中，潔西攤開手腳躺在長沙發上。沙發墊散發的烘烤味混著霉味，在她鼻中聞起來令人愉快。潔西決定要開開心心躺在這裡，直到父親傍晚回家帶她去吃晚餐。每隔兩個星期，他會從與現任妻子住的南松鎮開車上來看她。在她父母離婚後，潔西還沒完全平息五年來對父親的激烈敵意。兩年前，在父女關係最糟糕的時候，潔西曾試圖用指甲銼刀捅她靦腆的父親。這件事傳開，直到今天，潔西的遠親仍視她爲家族裡丟人現眼的瘋子，這輩子注定要窮途潦倒、身敗名裂，儘管潔西其實是個負責任的好學生，已連續四個學期成績名列前茅。她不會再對父親有暴力舉動。當樂趣消磨光，憎恨是很累人的，而她現在沒有這種精力了。不管怎麼說，她父親其實並沒有做錯什麼，除了再娶了一個高大、聲音沙啞的女人，愛穿踩腳褲搭配她那副陸軍將領的儀態。潔西期待今晚跟父親碰面。她希望能說服他去小龍蝦餐廳吃飯，這樣就可以吃到她喜歡的炸雞柳條。

潔西打開電視。電視上是高爾夫、高爾夫、影集《媽媽的家》（Mama's Family），以及電視節目《狂野美利堅》（Wild America）。主持人馬蒂．史塔弗（Marty Stouffer）總是忙著將赤裸的雙手放在大自然各種可怕或迷人的東西上——今天是一批剛從麋鹿角上剝下的絨皮，上頭還留著血管，看起來就像兇案現場的地毯。

「眞愜意呀，小懶蟲。」瑪雅十二點一刻進入日光室時說道。她的穿著依循自己最新的風格，一身搖滾女王史蒂薇．妮克絲（Stevie Nicks）式讓人心醉神迷的薄紗圍巾和披肩。她一手拿著條手帕，一手拿著盒香菸。瑪雅公然吸菸，沒人因此找她麻煩，因爲在她這行，香菸被視作類似維他命一樣的東西。瑪雅打著呵欠，開始將自己的頭髮纏繞打結。濃密的頭髮垂過了腰，她經常抱怨，也總是緊接著揚言要將頭髮捐給爲癌症病人製作假髮的公司。說眞的，瑪雅那一身輕飄飄的薄紗與那頭過長的公益秀髮，整天在她香菸的餘燼附近飄盪，竟然都沒著火，這眞是個小小的奇蹟。

「我床上有隻死鳥。」潔西說，目光沒離開電視螢幕。
瑪雅一臉疑惑。「什麼意思，是什麼暗號嗎？」
「就是指我床上有一隻死掉的鳥。」
「眞的？現在？」
「對。」
「什麼樣的鳥？」
「噁心的。」潔西說，「一隻濕潤醜陋的幼鳥。」
「我可以看看嗎？」
「不行。」潔西說。
「爲什麼？」
「望遠鏡和那隻鳥一起關在房裡，所以不行。牠沒吃掉那隻鳥，我不放牠出來。」

「可還眞聰明。」瑪雅說。

「跟誰比呢？」潔西說。

瑪雅看上去有點尷尬。她從喉嚨深處發出一聲窘迫的乾笑。潔西有些高興地想，自己的冷淡已經讓瑪雅感覺到刺痛了。彷彿突然著了涼似的，瑪雅打起一連串的噴嚏。「不好意思，」她說，「這裡的什麼眞的讓我鼻子過敏。」

潔西把頻道全轉過一輪，回到史塔弗的節目，他還在弄著那塊可怕的絨皮。「我猜那只好憋氣了。」

「不──要。」瑪雅說，「所以你就放在那兒不管？那隻鳥？」

「是的。」

「需要的話，我可以幫你丟掉。我不介意死掉的東西。」

「望遠鏡正在處理。」潔西說。面對瑪雅突如其來的善意，潔西現在自覺小氣幼稚。「嘿，你餓嗎？」

瑪雅說她樂於吃點東西，於是潔西走進廚房，匆匆料理出豐盛美味的兩人份早午餐。她叉起切達乳酪拌進蛋裡，再用牛油刀從冰櫃底層的製冰盒中撬出一塊方形灰色牛肉。她匡噹一聲將肉扔進平底鍋，點起大火直到牛肉彎曲冒煙，然後拿起一壺紅酒直接澆在肉上。

「喔，我的天啊，」瑪雅對著盤子呻吟，儘管她吃下的那塊牛肉還沒有骨牌大，「潔西，這真是我這張嘴吃過最好吃的東西了。」

「還有很多。」潔西滿口肉汁地說。

「哦哦，最好還是別吃了。」瑪雅說。潔西原本會因這拒絕而感到難堪，要不是瑪雅曾主動透漏，她雖然熱愛紅肉，吃了卻往往會讓她長坐在馬桶上起不來。潔西開開心心將牛肉吃完，瑪雅則在一塊燕麥餅抹上薄薄一層腰果醬，為她的早午餐作結，這是她特地從山上帶下來的食物。

四十五分鐘的時間裡，兩個女孩友好地躺在沙發上，聊著彼此都單身的母親各自的習性，也聊到雙方父親的缺陷和他們再娶的老婆。她們聊起搖滾樂、洗髮精，以及大賣場出售的一款相當棒的新品牌葡萄酒冷藏櫃。接著瑪雅瞄了一眼她這幾天愛不釋手的黃銅懷錶，說道：「啊，該死。潔西，你覺得瓊阿姨會介意我打電話到查爾斯頓嗎？我非打不可。我可以留幾塊錢給她。」

「誰在查爾斯頓？」

「噢，一個叫道格的傢伙。」是同行男模特兒，瑪雅解釋，去年春天曾一起在海灘上擁抱拍照，爲默特爾海灘市的「大支衝浪店」拍廣告。瑪雅將手伸進總是帶在身邊的瓜地馬拉包，拿出一張照片，照片上是一個曬得黝黑的年輕男子，戴著貝殼項鍊站在沙灘上。他牙齒白得像假的，水汪汪的大眼睛有如騾子，滿頭深色亂髮因鹽分而顯得僵硬。他是如此俊美，潔西忍不住檢查了一下相片背面，確認不是雜誌上剪下來的。

「這是你男朋友？」潔西問。

「他覺得是，」瑪雅說，「他來看過我幾次。八月想帶我去參加火人祭。他老是在說內華達州十六歲就可以結婚。我已經拒絕他不知道多少次了，但他一直故意裝傻。真的是隻跟屁蟲。」

潔西仍握著那張照片。「該死，瑪雅。外頭有人爲了跟長得像這樣的男人在一起，砍斷腿都願意。」

「帥，但蠢得可憐的道格。」瑪雅嘆口氣說，「前幾天，我跟他說想參加和平工作團去蘇利南，他卻問我非洲還有沒有老虎。」

在潔西看來，瑪雅自己在這裡也犯了些蠢。你不能因爲一匹賽馬法文說得差就貶低牠的價值。但潔西什麼也沒說，因爲她也不知道蘇利南在哪裡。如果非要猜，她會說跟越南戰爭有點關係。

瑪雅瞥了潔西一眼。「但其實，這不是我必須甩掉他的理由。還有別的事。」

「什麼事？」

「是秘密。你得發誓不會說出去。」

「當然。」潔西說。

「任何人都不能。連那個叫什麼名字的也不行，黛娜。」

「我們已經不是朋友了。」

「就連日記上也別寫。如果瓊阿姨發現，我就眞完蛋了。」

「該死，我眞的不會啦。你到底說不說？」

秘密是：瑪雅在和羅伯特·佩蒂格魯祕密交往，他是州立表演藝術學院的副院長，也就是瑪雅下周要去的學校。她是去年春天在勒諾郡的全州公開賽中認識了佩蒂格魯。他們一直保持通信，而他的信證實他是個眞誠且善良的人，除了年齡差距外，瑪雅說他：「完全能融入我的世界。」

「多大年紀？」

「剛滿三十五歲。」瑪雅說。

「老天爺！你是說三十五歲嗎？」潔西高聲說。

瑪雅的臉變得冰冷暗沉。她拿起菸。「算了，跟你說算我笨。」

「聽著，瑪雅，我不會去告你的密，只不過，我是指，三十五歲耶。」

「儘管批評我，我他媽才不在乎。」瑪雅高傲地說，「這是我跟羅伯特之間的事，在我看來，外人都該閉上嘴。年齡只是個標籤。我們的共通點是，都有個老靈魂。」

「不是吧。」

瑪雅嘆氣。「我愛他，潔西。」

這話沒有得到回應。潔西自己的父親也不過三十七歲。

「他只是打開了我內心的一些房間。」瑪雅說著，「就好像他了解某些連我都不了解的自己。」

潔西暗自覺得反感，咬著牙，上下犬齒刺耳地磨擦。「老天，你們有，嗯，我是說，你們全都……」潔西找不到適當的詞彙，來描述一個年輕女孩在三十五歲的藝術科系師長身下呻吟的場面。

「我們是愛人了嗎？」

愛人——犬齒又相互摩擦起來。誰會這麼說啊？這喚起了一個畫面，那兩人在一棵開花的樹木下做那檔事，還有天鵝在旁注視。「你們是嗎？」潔西問。

「羅伯特想等到感恩節，等我滿十六歲之後。」

「等到永遠，這是我的建議。我覺得你放棄道格眞是瘋了。」潔西凝視著照片，用手指梳理著頭髮。「蘇利南。要是他在地球儀上找不到，我帶他去。」

瑪雅對著茶杯咯咯笑，聲音像石窟在冒泡。「好，他就交給你了，潔西。我快受不了跟他講電話了。跟羅伯特在一起後？見識過什麼叫愛情之後？即便和道格聊天都讓我感覺無比寂寞。當他說話，就只是些聲響，像是貝殼裡的回聲。」

「嘿，我愛那聲音呀！讓人心曠神怡！」

「那你們兩個會是一對絕配。」

「是啊，只不過他不會喜歡上我的。」潔西說。

「相信我，潔西，能得到你是他的福氣。」

「最好是。」

「爲什麼不是？你很美，很辣。我願意拿一百萬美金換取你的眼睛和你可愛的雀斑。相信我，你低估了自己。他甚至連你的笑話都聽不懂。你立馬就會厭倦了。」

「不會有這種事。」潔西說。

「那，你跟他去旅行好了。跟道格在一起四天我會抓狂，眞的。」

「就算抓狂我也願意。」

瑪雅帶著顫音大笑。「棒極了，那你可是幫了我天大的忙。」

「我是認眞的！」潔西說，她現在雙腿交叉，背脊挺直地坐在沙發上，興奮地幾乎要發抖。「我說話算話。」

「好，好，別反悔。無論如何，我眞的得打電話給他了。你覺得瓊阿姨不會介意吧？」

潔西感到有點暈眩。「才不會！」她說，並跑去拿無線電話機。

瑪雅看起來有點困擾，因爲她打電話到查爾斯頓時，潔西就在一旁徘徊。但潔西暫時迷了心竅，幻想著要和有騾子眼眸、貝殼項鍊的道格，駕車穿越內華達州一座座孤丘，因此並不準備走開。她想看看瑪雅會用什麼詭計跟手段讓這事成眞。先小心地拒絕他，然後找個完美的時機把潔西推給他做替補，就是這招——像《法櫃奇兵》（Raiders of the Lost Ark）裡印第安納·瓊斯將重量偵測台上的黃金頭像拿下的同時，巧妙地用一袋沙子替換。一種細緻的移花接木，是只有像瑪雅這樣成熟又風采出眾的人才有能力做到。

潔西覺得失望的是，她只能勉強從聽筒中聽到道格沙啞刺耳的聲音。她眞希望早點想到該去自己房間的分機聽。瑪雅明智地沒有一開口就提到潔西，而是先閒話家常讓他放鬆戒備。她說到膝蓋被恙蟲咬了一口，然後又聊了幾句潔西不認識的一個名叫「DJ現在和以後」的人。接著瑪雅開始討論起爲貝爾克·萊格特百貨拍攝假期廣告傳單的事。到了這時候，潔西覺得差不多該切入重點，進入火人祭之旅的議題了。但閒聊又持續進行了七分鐘（可能所費不貲），說的全是友好的廢話，最後瑪雅才終於說：「我跟你說過了，健忘的瓊斯，我不在家。我在夏洛特附近，跟瓊阿姨及我的表妹潔西一起住。」

聽到自己的名字，潔西感到一股坐立難安的恐懼，深怕瑪雅會將電話塞到她手上。她能對這樣的美男子說些什麼呢？她激動地朝瑪雅搖著頭，而瑪雅厭煩地回看了一眼，隨即繼續講電話。雖然瑪雅在這些事情上比較是專家，潔西仍覺得此時她需要點指引。她拍了拍瑪雅的膝蓋。「怎麼了？」瑪雅低聲說。

「聽著，就說我很風趣。」潔西說。

「什麼？」

潔西嚥了口唾沫。

「就跟他說，我很風趣，很火辣。」

瑪雅點頭。「喂，道格？嘿，我表妹有話要我轉達。是啊。她要我跟你說，她風趣又火辣。」潔西感覺到一股想吐的衝動。

「當然是她要我說的，傻瓜。」瑪雅用手掌掩住話筒，「他說要跟你說，謝啦。」

潔西張口結舌地盯著她表姊一會兒。離開了日光室，她得極力克制才不會拔足狂奔起來。

樓上潔西的臥室裡，望遠鏡這隻貓沒對鳥屍採取任何行動。牠蜷伏在枕頭上那隻鳥的旁邊，一副要幸災樂禍一整天的樣子。潔西滿面怒容望著窗外，青筋在臉上跳動。她眞希望自己有什麼値錢的東西可以砸。她聽見瑪雅掛了打到查爾斯頓的電話，呼吸稍微和緩下來。接著潔西拿起電話撥到利安德·巴頓斯父母家找他。

潔西和巴頓斯十天前接吻了。那算是某種意外，如果不是因爲今天的事，潔西原本的計畫是到秋天開學前都不跟他講話。利安德的身高才五呎出頭，背後人們都稱他「小巴頓」，有時也會當面這麼叫。八年級之前他都是在家自學，是個興趣多樣的男孩，擅長吹伸縮號，並立志要過轟轟烈烈的一生。他的死黨既有樂儀隊的傻蛋，也有在學校不良分子中最邊緣，老是踢著沙包玩的那些小嬉皮。小巴頓的衛生習慣很差。他的雙眼總是淚汪汪，且嘴角老是黏著食物殘渣，讓人懷疑他是不是晚上都將殘渣放在床邊的碟子裡，早上再黏回去。有次午飯時間，他的朋友拿了一組髮剪替他理髮，剪下來的幾團頭髮眞是髒得驚人，裡面充滿了天然油脂，拿來當沙袋踢來踢去都沒有變形。

但潔西幾天前的夜晚在城裡和他變得親近實是情有可原。那天晚上，潔西和她最好的朋友艾琳．古奇爬上了遮蓋著新生命教堂的玉蘭樹。兇猛熱情的大雨落下前，她們已各喝了三瓶奶油啤酒。天氣送古奇跑回了家。潔西則還要等兩小時母親才會來接她，所以一個人孤零零、醉醺醺、情緒高漲地在市區溼答答的街道上遊蕩。街道上水光閃動，正如屬於你的甜蜜夏日電影中你會想要見到的場景。

走到停車場邊，她瞧見小巴頓從灌木叢中跌跌撞撞跑出來。他們不是朋友，但連續兩年輔導課及英語課同班。他的上衣滿是塵土，額頭上有個紅色圓形印子。他解釋說剛剛在玩「升降機」時猛然撞上了什麼。這遊戲又稱爲「夏洛特經典」，玩的方式是你使勁呼吸，然後朋友衝撞你的胸骨，這樣不花什麼錢就能獲得暈眩的快感。利安德玩遊戲的搭檔也因爲天氣變壞而不見蹤影。於是在酒醉的柔情和雨夜的慾望催化下，潔西牽起了利安德的手，領他來到天文館。不是到主劇院——那裡得花四美元才能看到星空機投映出星座——而是一個老舊又免費的去處，位在爲人所遺忘的二樓那座哥白尼太陽系儀。在這裡，只要敲打牆上一個綠色菱形按鈕，燈光就會暗下，天花板上隱藏的機關嘎吱作響，噴著螢光漆的泡棉球所組成的太陽系行星，就會圍著一個代表太陽的黃色派對燈，搖搖晃晃地繞行五分鐘。

她和巴頓斯在裡面躺了一個半小時，敲了菱形按鈕十八次。親吻進行得相當愼重，但沒有發生什麼不可挽回的事。有一刻，小巴頓停下動作問潔西是不是處女。這問題她沒有確切答案，事情是這樣的：去年夏天，在田納西州一個男女合宿的營隊中，她跟一個來自紐澤西，同樣十三歲的男孩進了帳篷。他撲向她。他的求愛根本是那隻激情卡通臭鼬佩佩．樂皮尤（Pepé Le Pew）的翻版。奇蹟般地，這讓潔西眞正的初吻，以及頭一次跟男孩子裸裎相見，都同時發生了。由於技術原因，用艾琳．古奇描述這檔事時喜歡的用語，她沒有完全「放棄陣地」。如果非要用數據來說明，潔西估計她大概放棄了百分之四十的陣地。所以在太陽系儀那裡，她對小巴頓低聲說：「不完全是。」巴頓斯聽到這話激動得喘起氣來，好似馬上就要再玩一次「夏洛特經典」了。

在他們的太陽系插曲後的隔天，利安德．巴頓斯打了三通電話，再隔天又打了四通。潔西一直沒回電。直到今天早上以前，潔西都不覺得受利安德這樣的邋遢小矮子喜愛有什麼好處。但現在，有個令人無法忍受的表姊在屋裡，潔西滿腔鬱悶。她覺得有個人，任何人，能過來表達一下喜歡也好，不管他嘴角黏著多少食物。

「潔西嗎？」電話傳來利安德笛子般的尖銳聲音。

「是的，利安德。」

「哇，你會打給我還眞奇怪，」他哇啦哇啦叫著，「我只留了大概五萬通簡訊而已呀。」

「抱歉。」

「你起碼可以跟我說聲平安到家吧。搞不好有人會謀殺你呀，誰知道。」

「是啊，唉唷，我的確被謀殺，但只死了一點點。聽著，利安德，你今天要做什麼？」

「沒什麼。練習伸縮號。」他吹了幾聲作為證明，「然後我跟我姊說會幫忙做花生酥，因為她很沮喪，想做點菜。之後或許跟賈許・葛斯基及一些朋友去打保齡球。」

「我有個主意，別做這些了。」潔西興致勃勃地說，「到我家來吧，我想來個電影日。」

「在你家？」他的語氣謹慎，似乎聞到陷阱的味道。

「是啊，利安德，在我家。」

「跟你父母一起？」

「不是，沒父母，我媽整天不在家，上班去了。」

「呃，那麼，要看什麼樣的電影？」

「讓我瞧瞧，至少有《大白鯊》（Jaws）和《福將與福星》（Turner & Hooch），我想還有《神劍》（Excalibur），及一部我不知道名字的電影。片名被擦掉了。」

「那麼，你覺得那是部什麼片呢？」

潔西嘆了口氣。「媽的，利安德，我不知道！但既然在這裡那麼久了，八成是好東西。現在，聽著，你到底想不想過來？」

他說大約一小時到。

小巴頓得騎一輛電動腳踏車騎上八英哩到潔西的家。她家位於該郡一處邊遠且爬牆植物叢生的區域，緊鄰著州立森林。聽見電動單車嚷嚷著進入車道，潔西跑下樓。等她出了大門，利安德已經放下支架，檢視著藍色車身上的一個凹痕。

「發生什麼事？」她問。

「首先，我來的路上差點發生車禍。有人在松山大道朝我扔櫻桃汽水罐。」

「不會吧。你有受傷嗎？」

「沒，只是個空罐子，但我還是差點撞上一棵樹。那個王八蛋，算他走運，要不是我急著趕來，肯定會跟蹤他回家，那就能找一天把他的輪胎割了。」

老實說，潔西可以理解爲什麼有人會想朝小巴頓扔罐子。他那身穿著打扮就是討打。他的頭髮不是平常的鳥巢樣，反而是抹了一大堆髮膠整個往後梳，看上去像剛新鋪路面的圓形凸起處。他的上衣是亮面布料的夜總會式襯衫，下身是黑色緊身牛仔褲，搭配一雙像是從皮條客那裡偷來的帶羽毛樂福鞋。某方面而言，他花了那麼多時間精心打扮讓她受寵若驚，然而這身裝扮展示出一種強烈又怪異的情意，是潔西無法對等回應的。再者，這也讓她對自己的穿著感到不自在，她身上僅有在雜貨店打裝袋工時穿的牛仔短褲和 T 恤。

「你這麼盛裝打扮幹嘛，利安德？」

「你不喜歡？」

「不，不，我喜歡。只是，似乎太大費周章了。」

巴頓斯不開心地掃視著地面。「我姊姊吉娜搞的。我跟她說要來找你，她就把這些鬼玩意全弄到我身上。我看上去像個蠢蛋，對吧？」

潔西笑了。「不，利安德，你看上去很好。看起來挺不賴，眞的不賴。」

「你看起來才眞不賴。」小巴頓邊說，邊向她漫步而來。他瞇起眼凝視著她的臉，讓她覺得害羞。他聞起來乾乾淨淨。「見到你感覺有點怪。」

「是嗎？」

「是啊，很怪又很棒。」他說。

當他抱住她並在臉頰上輕輕吻了一下，潔西盡力不要退縮。沒受到斥責，巴頓斯於是緊抱不放，在她耳邊一吸一吐喘著氣，手指沿著胸罩帶子在背上的勒痕遊走。

「好了，好了，利安德。」潔西說。

他退後並開始摸著自己的頭髮。接著他做了個詭異、微帶顫抖的動作，手腕橫過褲子拉鍊，臀部輕輕扭動了一下。
「抱歉。」他說。
「不，沒關係的。」潔西說，「我只是沒準備好要被抱這麼緊。」
利安德扳了扳手指。
「不管怎樣，我覺得我們應該看《大白鯊》，如果你有的是第一集的話。」利安德說，「我喜歡他們夜晚在船上那段。」
但潔西現在不確定跟利安德．巴頓斯在沙發上度過一整個下午是否明智。這時候似乎應該要老派地在門廊搖椅上坐一會兒比較好。在與他一起困在沙發上之前，她想先跟小巴頓在戶外坐坐，在明亮的光線下看清楚這張曾在黑暗的太陽系中親吻過她的臉。
潔西猶豫著，並瞇起眼睛望著對街的綠色小屋，彷彿那是前一天晚上才剛蓋好的。
「潔西？」

「怎麼了，利安德？」

「我們要進去嗎？」

「等一下。」潔西說，完全不知道自己想怎樣。

就在這時候，瑪雅出現在門前台階上。她已經脫下了吉普賽風的圍巾，換上T恤、球鞋，跟一條和內褲相差不遠的藍色棉短褲。看著自己的表姊，潔西突然想起，用來判斷兩個直角三角形是否全等的定理就叫「溝股」定理。

她還在為那通查爾斯頓的電話生表姊的氣，而且會氣上好一段時間，不過她很感激瑪雅沒有對利安德的衣著抱以冷笑或不屑。瑪雅這可愛的偽君子已全然回復甜美與親和。她說要去散散步。潔西想要她在路口的小店帶些樺樹沙士或零食點心回來嗎？

此時潔西轉念一想，去雜貨店走一趟似乎是個好主意，在和巴頓斯窩到昏暗的小房間看《大白鯊》之前，這正是她需要的磨合期。潔西建議大家一起去店裡買些東西做「電影沙拉」

——爆米花拌上綜合小餅乾、M&M 巧克力，以及大量融化的牛油。巴頓斯說他可以騎電動單車載潔西去。潔西拒絕。她對騎車載人堅決抗拒。她相當好的朋友瑞奇·墨菲去年春天從摩托車後座摔了下來，頭骨在路邊撞破個洞。

走在史密斯菲爾德路上，瑪雅沒有提起紐瑞耶夫，或模特兒工作，或她自己有多了不起。反而吹噓著潔西的成就、她的歌聲、她五十碼短跑的速度（潔西有著豐腴的人之中少見的驚人飛毛腿）；還有小時候在女子夏令營，潔西如何智取一群衛理公會教徒：他們搶先這對表姊妹一步在獨木舟租借表上登記，但潔西提醒他們到了審判日，那在後的將要在前，而溫柔的人必承受地土。衛理公會那群人於是爭先恐後棄槳而逃，讓表姊妹倆在湖上划了一整天船。潔西情不自禁陶醉在讚美之中，並對瑪雅感到驚嘆，她就是有辦法讓人無法長久厭惡她。

結果，那間店毫無原由地閉門不開。瑪雅說他們應該一起去樹林裡走走。「因爲，瞧瞧這個。」她從那條窄小的褲子裡抽出一根乾癟癟的大麻菸。她指出，要好好享受這一天，還有什麼比在樹林間飄飄然一下來得更好的呢？利安德說抽完再去看《大白鯊》不知道會多麼有趣呀。潔西無法反駁。

州立森林是橡樹和矮松的王國，在控制焚燒下被燻得焦黑，新生的樹苗已受到紫藤及毛茸茸蜿蜒的毒藤蔓侵襲。爲了找個哈草的地方，他們離開讓人騎馬的寬闊碎石道，改走穿過灌木叢和荊棘地的隱密小徑。過往的夏天，潔西和瑪雅經常在這裡流連，瑪雅領頭走過隱藏的舊道。多麼美好啊，潔西心想，她們上次一起來這裡已經是三年前，兩個女孩如今的交情也不如以往，但瑪雅內心某部分仍保留著這地方的回憶。

利安德似乎不在意泥巴弄髒了他的樂福鞋，或者逃脫髮膠頭盔的叛逆髮絲在臉前任意擺盪。你無法走在他附近，因爲他正猛烈地往樹叢揮舞著一根剛發現的手杖。

但這場跋涉比實際所需持續了更久。瑪雅似乎忘了大麻菸的事，開始進入一場山地知識炫耀大會，向潔西與小巴頓示範如何分辨野薑、接骨木果、杏鮑菇和黃樟樹。她發現了一塊鹿的下顎骨，把上面的褐色臼齒扭了下來分給大家，作爲當日的紀念品。潔西落在後面，利安德和瑪雅時不時就消失在灌木叢裡。潔西惱怒地聽著巴頓斯不斷拿些自己知道的戶外小常識去迎合瑪雅——像是火炬松根、黃鐵礦和箭頭訊息所具備的神話意涵，以及如何用耐心和麵包屑將烏鴉訓練成你的寵物。

抵達休息地時，潔西已幾乎要火冒三丈——那是一處低矮的峭壁，可以同時看到主路徑和谷底滷汁色的小溪。杜鵑花光滑的葉子形成一道厚厚的屏障隔開路徑，慢跑和騎馬者經過都沒注意到他們。沒人瞧見這些青少年，直到一名滿頭亂髮，穿著件舊防風外套的年輕男子碰巧走過小徑，停了下來，透過灌木叢窺看才瞧見他們。他脫了脫虛擬的帽子致意，隨後漫步到小溪邊。他們看著他脫去外套、襯衫和靴子，在溪流中央灰褐色石頭堆疊成的大島上，以印地安人的姿勢坐了下來。

等男子走過了，瑪雅就從短褲裡抽出那根大麻菸。

「你會喜歡這玩意的。」瑪雅跟利安德邊解釋，邊在點火前對菸紙又舔又捏，「只是舒服溫和地讓心神飄飄然，不會有太多身體上的刺激。」

「我們到底是要拿來抽，還是光他媽的拿來討論呀？」潔西吼道。她抽過兩次大麻，從沒有什麼感覺。

「你是哪根筋不對，潔西？」瑪雅問。

「沒事。我很熱。我的腿很癢。」潔西猛抓著小腿，瑪雅看著她。

「我的腿也會這樣。」瑪雅說，「多半是當我有段時間沒運動的時候。」

「我有運動。」潔西厲聲說，「我一個禮拜游四次泳。」

「那眞不錯。」瑪雅說。她將菸連同一小盒火柴遞給利安德。

「游泳的人每小時會流一加侖的汗。」利安德說，「我哥在社區中心的游泳池工作。他們得不斷添加化學藥劑才能維持水質乾淨。來，潔西。」

她接過菸，謹慎地吸了一小口到嘴裡，便將菸傳回給瑪雅。瑪雅則深深地吸了一大口，然後躺進杜鵑樹的陰影下。她慵懶地將手掌伸向天空，開始進行一連串熟練的呼吸法。「知道我愛什麼嗎？」她說，「我愛這氣味，這迷人的腐爛氣息。這些植物多年來在這野外吸收陽光和雨水，現在落葉和倒下的樹木腐朽回歸大地，並將所吸收的能量吐還大氣。不誇張，你正吸入的可是五年前、十年前、百年前的夏日，所有的能量現在都回來了。我不會解釋。很憂傷，卻也很美。」

「我懂你的意思。」利安德說。

「你知道我還愛什麼嗎？」瑪雅問。

「奇多玉米棒嗎？」潔西搶答，試圖打破瑪雅開始編織的林地感官咒語。

「品客洋芋片。」利安德·巴頓斯說，「品客的洋芋片是凸拋物面形狀。」

不管瑪雅還愛些什麼，她都忘得一乾二淨，因爲溪流下游那名光上身的男子打開了一台小收音機，柔和的賭場爵士樂音若有似無地穿過樹林傳來。音樂讓瑪雅站起身。她張開手掌感受著氣流，並扭動起臀部。「起來，潔西，來陪我跳舞。」

「我不要。」

「好吧，討厭鬼。利安德，起來，過來這邊，你沒得選擇。」

利安德既緊張又高興，任憑瑪雅將他拉起來。她在他面前滑行繞圈，他則跌跌撞撞跟在她身後，像是在做拳擊假想練習，低垂著頭，東張西望，因爲他無法決定要將目光放在瑪雅身上哪個部位最好。下一首曲子響起，是首華爾滋。瑪雅將利安德拉近，領著他在峭壁四周翩翩起舞。他笑得像個傻瓜。他將手放到瑪雅上衣和短褲間裸露的肌膚上，沒有放開的意思。

潔西能感到體內怒火竄起，就像馬路上蒸騰的熱氣。瑪雅第一次讓利安德做出競賽等級的下腰動作時，潔西設法克制住自己，但到了第二次，怒氣便爆發開來。「好了啦，」她吼道，

「你他媽的很會跳舞，我們該死的知道啦，瑪雅，現在你可以坐下了。」
利安德與瑪雅停了下來，但沒有鬆開對方。瑪雅詫異地半笑不笑，露出她平整的牙齒。
「老天，你是有什麼毛病？」她問，「我邀你跳舞，是你說不要，現在到底想怎樣？」
「我不想怎樣。」潔西說著站起身來，「你們想跳就跳個夠。或者乾脆點，何不去找個地方搞一下？嘿，這附近都是樹叢之類的可以讓你們躲進去大搞特搞。」
瑪雅驚愕地倒吸一大口氣，放下了搭在利安德肩膀上的手。利安德傻笑。潔西繼續說：「是啊，你很想對吧，利安德？她是完全沒問題的。她可是個大騷貨。你知道，有個在查爾斯頓的傢伙她已經不想搞了，因爲她準備好要搞另一個傢伙，是她的老師之類的，但她還不能上他，因爲他太他媽老了，會違法，即便她很想要。」
瑪雅面露崩潰與震驚，彷彿臉後面某條重要的神經喀擦一聲被剪斷了。她的嘴張得開開，大得能塞進一顆橘子。

不管瑪雅嘴裡準備要發出什麼聲音，潔西都不想聽。她跑過矮樹叢，跑到了溪邊才開始哭，熱淚奪眶而出。但生怕瑪雅和巴頓斯會在原地瞧見她，她迅速止住淚水，在溪水中沖洗黏糊糊的臉。

現在她最想做的是回到母親家度過昏暗的下午，邊看電視，邊吃配上切達起司與黃瓜片的蘇打餅乾。但要離開樹林，她就得經過瑪雅與利安德目前的藏身處。她覺得不能讓他們看到自己回家，得保持點尊嚴，所以她在溪邊遊蕩，希望看起來心不在焉、輕鬆自在。她順著溪流走，又逆著走回來。她往水裡扔石子。她撫摸著青苔，蹲下身尋找小龍蝦，但都完全無法讓她平靜下來。

在離峭壁不遠的地方，她停下來望著那個光上身躺在石頭小島上的男子。他開著收音機，閉著眼睛，像太陽下的貓一般自得。她見他拿起一個綠色啤酒瓶到嘴邊，喝了個乾，然後放到溪水裡。瓶子浮浮沉沉漂過漩渦，停駐在下游一圈米色泡沫中。接著他從身旁一個滿是酒瓶鏗啷作響的池子中再摸出一瓶，打開，啜了一口，全程眼睛都沒有睜開。你得欣賞這種人，只需要有暖洋洋的石頭、啤酒，及一台廉價收音機，就能自得其樂。潔西心想或許跟他說說話也不錯，至少打個招呼，但他卻只是自顧自曬著太陽。幾分鐘過去，潔西能夠感覺到瑪雅和利安德在看著自己，看她像個傻子似的在岸邊晃來晃去。

「嘿！」她出聲喊他。

男人抬起頭看向她，小腹上一塊塊肌肉隨之鼓起。「你好呀。」他打著呵欠說。他咂咂嘴，眨眨眼，拳頭墊在腦袋後面，這樣看她時腹部就無須用力。「怎麼啦？」

「你還有啤酒，對吧？」潔西問。

男子張望了一下小徑那邊，然後瞄了一眼冰鎮在溪水中的酒瓶，搔了搔頭髮。

「可以啦，拜託。」潔西說，「我渴得快死了。給我一瓶嘛，我可以付錢。」

他坐起身，看起來不太情願，但隨後搖搖頭笑了。「好吧。」他說，「來吧。」

潔西小心翼翼踩跨過覆滿青苔通向小島的岩石。抵達的時候，男子已經為她從水裡抽出一瓶啤酒，撬開了瓶蓋。

「不是很冰，但也不會燙嘴。」他說。他的聲音柔和。潔西喘著氣急急喝了兩大口，然後很感興趣地盯著瓶子。害羞讓她發熱，那熱度比陽光還強。

「海尼根，」她說，「市面上最好的啤酒，在我看來。」

男人沒說什麼，但鼻子愉快地輕哼了一聲。

「無論如何，我不是故意跑來打擾你的。」潔西說。她將一隻手指伸進口袋，勾出兩張皺巴巴的鈔票。「拿去，我有兩塊錢，夠嗎？」

「不用啦，」男人說，「坐吧，如果你想的話。」

潔西坐下，結實的粉紅色雙腿在面前伸展開，腳踝交疊，這是最好看的姿勢。她又喝了一大口啤酒，還沒來得及忍住，就打了個可怕的濕嗝。

「保重。」男子說，以深埋在帶笑皺紋中溫柔的灰眼睛注視著她。他的金髮在前面稍微有點稀薄，露出帶雀斑的頭皮，但得湊近看才能看見。更顯眼的是他右臂的情況。肩膀處有很嚴重的傷疤，一條歪七扭八的傷痕從二頭肌內側蜿蜒而下，尾巴幾乎延伸到手腕。有如零星縫線般又粗又亮的黑色毛髮從疤痕四處冒出頭。手臂上刺有三個刺青，全都是女人，刺的品味驚人的好，沒有一個是裸體或姿態猥褻的。在他上臂的是一名中年女士，端坐有如在拍學生照，頭髮中分，戴著一副半透明鏡片的大眼鏡。前臂上的第二名女性正對著懷抱掌中一隻長著招風耳的小狗微笑。第三位是穿著七分褲，在夕陽下進行灘釣的女子。潔西要看了好一會兒，才注意到三個刺青都是同一名女性。

「你住附近？」男人問。

「相當近，就在史密斯菲爾德路那邊，我都稱之爲屎菲爾德路。」潔西快速而緊張地說，「這裡無聊透頂，我眞希望自己住在城裡。」

「是啊，如果你喜歡銀行家跟黑鬼的話，城裡是挺不錯的。」男子說。

他拿出一包綠色香菸，搖出一支叼上，也遞了一支給潔西，她接了。她往後靠，抽著菸，一隻手支在岩石上。峭壁就在她身後。她希望瑪雅跟利安德好好看清楚她，陽光打亮的秀髮垂在身後，手上是她勇敢爲自己爭取來的啤酒，還有令人稱羨的香菸雲霧從手中裊裊升起。

「我叫史都華·奎克。」男子說，「你叫什麼名字？」

潔西說她叫瓊（意指六月），她母親的名字。

「喔，我喜歡。」他說，「我本該要娶回家的女孩名叫歐格絲特（意指八月）。」

「那你爲什麼沒娶她？」

奎克撇了撇嘴，和藹地瞇起眼凝視著過往。「我不知道——恐懼、愚蠢、金錢、她的老爸，還有你所見過最嚇死人的痣，就在這邊。」奎克說著指了指右鼻孔與臉頰接壤處，「差不多有高爾夫球那麼大。」

潔西掩住嘴，將牙套和笑容都藏在掌下。

「所以你幾歲了，瓊？」他問她。

「你猜。」她將空瓶放到溪水中，如同先前見奎克做的那樣。

「四十五。」他說，並又拿了一瓶給她。

「胡扯。」潔西說，「我十八歲。」

「哦，可眞巧。」他說，「我也是十八歲。」

接著他想知道潔西的事：她在史密斯菲爾德路住多久了，她在學校讀了些什麼，如果計畫上大學想念什麼。她跟他說了些自己覺得聰明又機靈的謊言。她想她會去埃墨里大學讀醫學院預科，但內心有部分又深受紐約吸引，那裡有間她一時想不起名字的學校願意提供全額獎學金，讓她去學習表演與聲音演出。

對她說的一切，史都華·奎克都微笑點頭，並說她是多麼有見地，肯定是才華洋溢才會有這麼美好的前程在等著她。

隨後他凝視著高處，凝視著橡樹、桉樹和松樹茂密的綠色樹冠。「你的朋友們還在那裡嗎？」他問，「或許他們會想過來跟我們一起在溪上墮落。」潔西不喜歡聽到這話。想到奎克沒有像她一樣感覺到，就他們兩人同處在這溫暖的石頭上那種獨特而私密的氛圍，讓她有點受傷。

「才不會，」潔西說，「那兩個人很無趣。我今天不想再見到他們。嘿，我有個問題想問你，史都華。」

「可以啊。」

「你手臂上的人是誰？」她說，「她很漂亮。都是同一位女士，對嗎？」

奎克查看了一下自己的刺青，他以一種痛苦而笨拙的方式擰轉著手臂，讓他的下唇也跟著嘟起，閃著光澤。「是啊，是我母親。在我看來，這是她的手臂，就這條。」

「什麼意思，『她的』？」潔西想像這隻傷痕累累又滿是黑毛的手臂接在那個漂亮的女人身上，對著酒瓶咯咯笑起來。

「我的意思是，要不是她，我不會有這條手臂。」

「要不是她，根本不會有你。」潔西說，喝了酒感覺變得輕佻大膽。

「要不是她，這條手臂早沒了，我是這個意思。」史都華．奎克說。太陽滑落樹後，光線四散成碎片。

「是戰爭嗎？」潔西說。

「見鬼，不是。」史都華．奎克說，「不是因爲戰爭，是在一個他媽的洗車場。你想聽這故事？」

潔西說她想聽。

「好吧，我曾有這麼個老闆，這麼說吧，若你問我要一個渾球，而我交給你那傢伙，你還得拿錢倒貼給我哩。反正，有一天車子大排長龍，喇叭按個不停，這傢伙就對著我大吼大叫，要我去洗衣機拿些乾淨毛巾來。嘿，我在說的可不是普通的洗衣機。這玩意的轉速比你家的要快上十倍。他那時對著我猛發飆：『去拿毛巾啊！該死的，拿毛巾給他們，史都！』我走到機器前，打開來，伸手進去，只不過轉動還沒有停下來，於是呢，把我的手臂給扯了下來，讓我的手肘脫臼，手掌粉碎。」

「哇操，眞的嗎？」潔西說。

「是眞的，我甚至都不知道發生了什麼事，太過震驚了。我就直接走進午後的停車場，裡面全是下班後想把他們的狗屁賓士洗乾淨的人。他們抬頭瞧見有個孩子，手臂像玩具船一樣拖在身後的水泥地上，只藉著一點薄薄的皮膚連接著。醫生都說：『沒救了，拿掉吧。』但我母親走進去，他媽的沒跟他們客氣，大呼小叫，鬧了個天翻地覆，硬是讓他們把手臂接了回去。他們說這沒有意義。她說：『我管他媽會不會發黑腐爛，把我兒子的手臂縫回去就對了。如果壞死了，我們再鋸掉，但你們得先把那該死的東西縫回去。』」

奎克舉起那隻手，對其投以疏離、帶著評價的眼神，好似那是他在一間商店裡發現的稀有物品，一件他很欣賞卻買不起的東西。

「簡直是奇蹟，我覺得。」潔西說。

「打了很多折的奇蹟。」他說，「很多時候骨頭痛得要命。況且，我的手幾乎沒有任何感覺。」

「那眞是糟透了。」潔西說。

奎克現在用拇指觸碰著受傷那隻手的手指，一根接一根，並仔細地觀看這作業，臉上的笑容帶著一種著迷的樂趣。「我不知道。這會讓你珍惜所擁有的事物吧，我想。而且，身上有個自己感覺不到的部分，這也有些值得玩味的地方。有點像是同時間分身成兩個人。」

「至少不無聊。」潔西說，「我覺得看起來很酷，很有型，那些疤痕啊什麼的都是。」

奎克笑了。他再開了一瓶啤酒，拿給潔西的同時，他也挪到了她身旁，側身撐著，頭貼近她的膝蓋，她可以感覺到他的呼吸吹乾了她皮膚上的汗水。「那我們來交換如何？」他說，「這隻手臂你拿去，而我要，不知道，或許要這條腿吧。」

潔西躲開。「你才不會想要我又粗又笨的腿。」她說。

「你又錯了。」奎克說，「上等貨，嶄新無暇，除了這邊這一小塊。」

奎克用壞的那隻手圈住潔西的小腿，並將另一隻手拿到嘴邊，吸吮了一會兒大拇指。接著用那隻大拇指在潔西左腿內側，膝蓋下方的一個棕色斑點上慢慢繞圈搓揉。她讓他揉了一會兒，然後掙脫了他的掌控。史都華·奎克留在那兒閃閃發光的印痕讓她非常驚慌，但又怕如果擦掉可能會冒犯到他。「那是胎記。」她低聲說。還小的時候，母親曾教潔西用這個胎記來分辨左右。「在我小時候，它的形狀像條魚。現在還有點像。」

她又啜了一口酒，看著一隻紅色小甲蟲掙扎著穿過岩石的縫隙。奎克坐起身來，拿過她手中的啤酒，用拇指跟食指捏住她的下巴，輕輕吻了下她的嘴。隨後他又躺回去，看著她，臉上笑顏逐開。

「沒關係吧，瓊？」他說，「我感覺你想要。」

她的嘴唇因奎克的鬍渣感到刺癢，一種複雜的感覺。她懷疑自己的嘴現在看上去是不是不一樣了，或許變得難看，也可能變得更漂亮迷人。她有股觸摸自己雙唇的衝動，但她沒有，怕這名較年長的男子可能會將之視為在譴責他這不請自來的禮物。

「是，沒關係。」潔西說，「我想，我是說，我很高興你這麼做。」

奎克吐出一口滿足的大氣，響亮俐落有如蒸氣噴發。「該死的老天，你開什麼玩笑？」他大喊，「夏天到了呀，就是此時此刻。這樣就對了，美好的一天就該是這樣。」

「我知道。」潔西說，「我希望還有更多好日子在後頭。」

「噢，有很多的。」奎克說，「好日子還多著呢。」

奎克將手浸入溪流，用溪水抹了抹頭上皺褶處。「我突然有個主意，瓊。」

「什麼主意？」

「我們要做什麼讓這一天更完美呢，我們可以去幽密湖那邊游泳。我剛想起今天是星期六，那邊會有樂團演出之類的鬼玩意，還有啤酒帳篷，那正是我該待的地方。」

「或許吧，我不知道。」潔西說，「我七點跟人有約。」

奎克看了看手錶。「嗯，現在是，呃，四點鐘，但就看你吧。」他說，「我的打算是只去個一小時左右，這是我的計畫。」

紅色甲蟲在潔西腳踝的陰影下迷惑地打轉，她將其引入柳葉形成的狹窄小舟，並將葉子放到水中。葉子漂蕩過漩渦，消失在視線外。接著她回頭望向峭壁，眼中只見樹葉。「我想，」潔西說，「我想應該行。」

史都華・奎克迅速穿上襯衫，收拾好收音機。然後他領著潔西穿過小溪，走上另一條小徑，跟她來的時候不同的路。十五分鐘後，他們來到小徑起點，奎克的三菱雙門轎車就停在那兒。他花了不少錢改裝那台車——煙燻色玻璃、鍍鉻鋼圈，後車廂上還加裝了一個向上翹起的大型尾翼。奎克爲她開啓車門。潔西遲疑了。「就一小時？你發誓？」她說。

「沒問題。」奎克說。她上了車。

奎克將他的裝備放進後座，插上鑰匙，搖下車窗，但沒發動引擎。「嘿，過來。」他對潔西說。

「怎麼了？」她說。

「過來這裡，瓊。」

她沒有動。奎克傾身越過手剎車，將雙唇壓上潔西的嘴，動作不像之前那麼溫柔。他將舌頭伸進她牙齒內，受傷那隻手的手掌貼上她短褲前面，以讓人疼痛的力道移動著，彷彿想要喚起足夠的感覺，讓失去知覺的神經能有點反應。反胃感在潔西腹中積聚。她確信自己就要嘔吐或尖叫出來，但在年長男性面前讓自己丟臉似乎也一樣令人難受。她的手正要去拉車門把，此時奎克突然轉過身去，一手抓住方向盤，另一手的掌根按著眼睛，好似有什麼東西卡在裡面。他對自己咕噥了幾句什麼，潔西沒聽清楚。

有片刻時間，潔西以爲奎克可能會打開車門，把她帶回樹林裡，但他發動了車子，開上路，並和善地拍拍潔西的膝蓋。「我們相處得如何呀，瓊？還可以吧？」

「不錯，還可以。」潔西說，「噢，該死，其實呢，嘿，史都華？我剛剛才想起來。我們可以快速調個頭嗎？我得回家一下下。我想去拿泳衣。」

「不需要這麼麻煩。」史都華．奎克說。

「我需要。我想游泳，你說會游泳的。」

「你穿這身下水就行啦。」史都華．奎克說，「那是個隨興的地方，人們不會在意。」

「可是，我在意。」潔西尖聲說，「我才不要整天穿著又濕又冷的短褲走來走去。說眞的，我要去拿泳衣。」

奎克沉默下來。她可以聽見他的鼻子呼著氣。然後他發出乾澀的一聲輕笑，其中不帶任何笑意。「好吧，小姐。」他說，「悉聽尊便。」

於是汽車減速調頭。

她的心臟令人暈眩地狂跳。她卻感覺自己的心臟不在胸腔裡，而是在奎克捏過的下巴上，在她的牛仔短褲後，在雙唇上，以及他粗糙的拇指想要抹去胎記的那條腿上。她還沒計畫好回到母親家之後要怎麼辦，但她猜想一旦進了屋關上門，就會有什麼事發生在她身上。

奎克的三菱駛過芬黑根家，雙胞胎正在前院的塑膠泳池裡摔角。再經過麥克魯家，他們青春期的兒子正在草坪邊緣的水溝裡燒野草。午後的陽光下，無法看見火焰，只能見到一團凝成膠狀的空氣。

「就這裡。」潔西說。他們繞過彎道。奎克在房子前停下車。潔西父親的銀色別克轎車停在車道上，早了三個小時，而她看見時，感覺不是鬆了一口氣。

「哇喔，」史都華．奎克說，「這是誰呀？」

她父親正在門前草坪上，爲多年前種下的玫瑰花叢清理凋零花瓣。聽見奎克的車開上碎石路，他還沒認出副駕駛座染色擋風玻璃後的女兒，便轉過身來笨拙地揮手，棕色花瓣從手中撒落。

看見自己的父親，潔西的恐懼一掃而空，冰冷的羞辱感取而代之。他站在那兒，還不到四十歲，腦袋禿得像顆蘋果，臉上掛著胖子那種難以理解的微笑。他的臉因最近曬傷而腫脹，襯著背後的深綠色花叢顯得紅光滿面。他穿著潔西厭惡的廉價塑膠涼鞋，和一件噴繪著嚎叫狼頭的黑色T恤，另一件較小號的同款上衣正躺在潔西的衣櫃底層，價格標籤都還沒拆。無精打采的灰色襪子塌在他粗壯的腳踝周圍，其上是讓潔西自己也深惡痛絕的熟悉雙腿，彎曲粗厚如樹幹，是運動一輩子也改善不了的。她的羞恥感來得突然而堅決，不假思索也毫無原由。但真正壓倒她的那無法言說、無所遮掩的感覺其實是，她父親並不單單只是一個人，不完全是，而是她私密的一部份，是一個粉色、矮胖、無藥可救的詛咒，是潔西完全有權力對世界隱瞞的弱點。無論史都華·奎克在她身上看見了什麼誘人之處，她知道只要和這個臉上掛著遲鈍的微笑，踏過草地朝她走來的人扯上關係，一切都將煙消雲散。

潔西打開車門。「你會回來吧？」奎克問，聲音有點急切。

她沒回答。「原來在這裡呀，」她父親說，「你去哪裡了，小潔？我已經在這裡等了一個小時。」

「呃，誰叫你等的？」潔西咬著牙說，「你說的是七點。」

「喔，」她父親說，「我有試著打電話。我提早下班，只是想吃晚飯前我們可以去翡翠水上樂園玩玩。」

她父親的視線越過她看向史都華·奎克那輛停著不動，像隻傻黃鳥的三菱汽車。

「那是誰，潔西？你跟誰在一起？」

在她身後，一扇車門開啓，奎克喊著她母親的名字。潔西快步繞過父親走向屋子。她必須避開利安德的電動腳踏車才能走上磚砌小徑。他和瑪雅很可能隨時會回到這裡，將這個值得紀念的恥辱日推上最高潮。潔西衝進門，跑上鋪著地毯的樓梯回到自己臥室，卻發現一個小小的好消息。那隻貓在被囚禁幾小時後，終於對潔西床上的雛鴿下手了，雖然牠胃口不夠大，被子上還留下了一隻粉紅色腳爪和一塊光禿禿又傷痕累累的三角形翅膀。當潔西喘著氣走進門，貓從打盹的窗台上跳了下來，一躍上床。牠在鳥的殘肢邊踱步，目光兇惡地盯著潔西。但過了一會兒，貓放鬆下來，很滿意潔西沒有表現出任何威脅，於是牠將剩餘的餐點吃乾抹淨。

園遊會

On The Show

天黑了。太陽滑落到橘色樹林後，讓遊樂設施繽紛四射的七彩霓虹更加醒目。「鬼屋」刺眼的紅，「摩天輪」的藍與白，「太空飛船」閃爍的綠，「空中飛椅」相互追逐的黃與紫，都混雜在一起，而天空散發著鬣狗的棕色。排水溝裡的白鷺一陣恐慌，飛竄到看守著乾草堆的橡樹上。乾草堆圈成了一個圍欄，裡面關著「世界上最小的馬」。有一段時間，橡樹隨著不安的白鷺一下展開，一下收起那過長的翅膀而晃動。

暗影劃過「仰光螃蟹」攤位。一隻佛羅里達變色蜥在服務窗口旁的瓦斯瓶頸上翹起身子，隨後從搪瓷的瓶面滑落，掉入一個嚴重生鏽的新月形區域。鐵鏽貼著變色蜥的腹部，舒緩的摩擦提供了一種溫度上升的幻覺，於是蜥蜴的皮從新葉色轉變成了落葉色。

變色蜥的動靜吸引了七歲的亨利．萊蒙斯目光，他伸出手，曲起手指，在那隻動物四周圍出一個潮濕的小空洞。

「你抓到什麼?」十歲的藍迪．克洛奇問。他就站在一旁。兩個男孩今晚剛認識。亨利的父親吉姆・萊蒙斯來這遊樂園跟素未謀面的希拉・克洛奇，也就是藍迪的母親約會。吉姆・萊蒙斯是諾頓海灘市一家市場調查公司的經理，那城市的邊界就在離這裡兩哩遠處。希拉的妹妹戴斯特妮・克洛奇在電訪中心工作，是她安排了這次約會。

今晚的約會非常順利——對亨利和藍迪來說是太過順利了，他們已經在遊樂園中軸線上晃蕩了四十分鐘，看著那對男女在高高的摩天輪上轉了一圈又一圈。他們能看見藍迪母親的頭髮，金黃到閃著白光，飄盪在吉姆・萊蒙斯戴來遮掩頂上無毛處的黃色棒球帽四周。

亨利將蜥蜴捧在胸前。「沒什麼，只是隻小蜥蜴。」

「是嗎？變色龍嗎？什麼顏色？」藍迪想知道，「給我看。」

亨利將拳頭小心翼翼形成的囚籠展開。眞漂亮的蜥蜴。瞧瞧那無唇的嘴角是如何打折上揚，露出明智的微笑，彷彿很高興能在亨利的掌握中。牠的肋骨抵著亨利拇指上髒兮兮的螺紋快速輕柔地跳動。蜥蜴唯一透露出警覺的跡象是皮膚顯現的顏色，那顏色乍看或許會稱之為綠色，但亨利・萊蒙斯將蜥蜴拿到眼前不到兩吋處，可以看出蜥蜴的皮膚不是單一色調，而其實是由微小的黃色和藍色圓片組成的馬賽克拼貼。

「沒顏色。」他跟藍迪說。

「鬼扯，給我看。」藍迪邊說邊拍打著亨利緊攏的拳頭。

「沒鬼扯，你這死胖子。走開，牠是我的。」

藍迪・克洛奇臉紅了。一百七十磅的藍迪確實是印地安河郡園遊會裡最胖的十歲小孩，可能也是全印第安河郡最胖的十歲孩童。他的手臂就像保齡球瓶。他走路的時候胸部左搖右晃。藍迪左腳打著沉重的藍色石膏。兩個禮拜前，他捶著報紙販賣機的投幣孔時，機器翻倒砸斷了他膝蓋窩下方的腿骨。

藍迪習慣了因體重受嘲笑，可是亨利在他打著石膏的時候取笑他似乎有點不妥。讓這羞辱更顯不堪的是，亨利・萊蒙斯出奇的美麗，幾乎就跟藍迪・克洛奇的肥胖同樣搶眼。亨利纖瘦修長，雙眼跟母馬一樣黝黑晶亮。他的魅力會讓成年男女都啞口無言。藍迪．克洛奇很想打亨利．萊蒙斯，但亨利的美貌散發出一種貴重的威懾力，讓他下不了手。就像他朝著母親家旁那條四線道上行駛的車輛丟石子時，來了一輛明顯新穎或昂貴的車，也會讓他有同樣的遲疑。

「嘿，我拿兩張券跟你交換。」藍迪．克洛奇說，希望充耳不聞就能驅散那羞辱。

亨利指出兩張券什麼也買不到。就算騎著舉步維艱的迷你馬繞圈子都要三張遊園券。他還解釋，藍迪汗濕的手裡抓的遊園券，說起來其實也是屬於亨利的，畢竟要不是亨利的父親拿了兩張五十元的鈔票兌換，並將遊園券給了藍迪和他媽，藍迪哪來的遊園券。

藍迪扣住這個比自己小的男孩手腕，試圖要抓他的拳頭，希望迫使他捏死那隻蜥蜴。亨利放聲尖叫，尖銳的聲音讓藍迪鬆開手，亨利隨即衝過中軸線，經過「旋轉茶杯」、「大火球」那呼嘯的紅寶石光暈、「女金剛現身」，以及「海盜船」。他低頭走進「硬幣大挑戰」和「幽靈列車」間的一條小巷，經過一排園遊會工作人員用的移動式廁所，最後發現自己身處拖車停車場。燈光猝然在這裡止步，只有空轉的拖車踏板上點點橙色水滴，在柴油的煙霧中幽微閃爍。

亨利在黑暗中等待，靠在一輛卡車的水箱上，上面滿是乾掉的蟲子。他望著摩天輪轉動，看不見父親，但知道他在那緩緩轉動的輪盤上。他決定要看著輪盤轉四十圈，亨利對這數字有種親密感，因爲這正是他父親的年紀。他看著它轉了十八圈，就數亂了，於是從頭開始。蜥蜴搔著他的掌心。他又數到了二十二圈，此時他發現有個男人在流動廁所間黑暗的支柱下看著他。當那人瞧見亨利注意到他了，便朝男孩走了過來。亨利怕那男人或許是他倚靠的這輛卡車的車主，或者是來抓他的，因爲他遊蕩到了口袋裡那捲橘色遊園劵也不允許進入的區域。

那男人問亨利在這裡幹嘛，亨利跟他說了藍迪．克洛奇在追他的事。男人點點頭，好像跟藍迪．克洛奇很熟似的，彷彿透過時間的某種魔法，他小時候也曾遭遇過藍迪的毒手。男人說在這裡藍迪不會找到他們，而就算他找到，男人也有辦法對付他。亨利笑了，暗自希望藍迪會找來這裡，看看他會有什麼下場。男人點起一根菸。他回頭望向園遊會，面露憂慮。他跟亨利說，再想了想，或許他們該去躲一會兒，直到危機解除。亨利現在擔心起來，問男人是否確定。男人說是，他知道個地方可以躲。他帶領亨利進入整排最後一間廁所，他的手如同熱水瓶一樣溫暖與讓人安心，平穩地按在男孩的肩胛骨之間。

廁所是黃色塑膠製，牌子名稱叫「蜂蜜罐」。男人關上了蜂蜜罐的門。

「好啦，安全了。」男人說，並將黑色門栓拴上。塑膠門因高溫與年月而變了形，一塊斜方形的褐色光線滲進門縫。半明半暗中，亨利可以辨識出那男人的皮帶扣，是個銀色圓盤，正中間有一圈藍色的石頭。

蜥蜴從亨利打開的手上跳走，從門下溜了出去。一到外面，牠就棲身在砂土地上一個容器裡，其中還殘存著一絲太陽的餘溫。

像這樣溫暖潮濕的夜晚，對海盜船的領班里昂．德雷尼來說很不舒服。里昂是個巨人，腦袋就像個消防栓，手掌有餐盤那麼大。夜間的悶熱讓他的牛皮癬惡化，手臂紅腫，他坐在狗屋裡，用瓦片般厚的指甲搔著自己的疹子，皮屑就這麼落在設施控制台的黑色金屬面板上。里昂六十三歲，由於有過三次心臟病發作，現在除了喝點啤酒外，生活節制。出於懷舊，他一次次停下來，將死皮堆成一條線，猜測著如果這些皮屑是上好古柯鹼，那要值多少錢。

一個名叫傑夫．帕克的年輕人站在欄杆旁，研究著一塊手寫告示，上面寫著：「徵求設施操作員。」

里昂不喜歡傑夫．帕克的相貌、他的帆船鞋，或垂掛在一隻眼睛上方的瀏海。里昂偏好雇用逃避逮捕令的破產人士，勝過成天在沙灘上曬日光浴的懶人。現在海盜船上的助手就是里昂愛雇用的類型，一個乾乾癟癟，名叫艾利斯的傢伙，滿臉笑容卻滿腹心機，讓里昂一刻也用不著費心去猜想他是什麼樣的人。即便現在，艾利斯本該去清理船板上的一些嘔吐物，但他趁著傑夫來到的時機，將拖把放到一邊吃起了晚餐——牛肉湯罐頭沒加熱就倒進嘴裡。但里昂正短缺人手，第三把手昨晚去小個便就沒回來。兩天後園遊會就要結束打包，在拆卸這設施前他需要再找一名人手。

「嘿，朋友，在找工作嗎？」巨人的聲音聽起來彷彿他是靠汽油推動的。

「是啊，或許吧。」傑夫說，「工錢多少？」

巨人將他打量了一番。他的拇指和食指能環繞傑夫的上臂兩圈。「你喜歡幹粗活嗎？對扛東西有興趣？」

「我沒問題。錢又怎麼算？」

「一周八十塊，工作七天。」他仔細看著傑夫會不會在這麼惡劣的工資前退縮。

「可以。」傑夫說。而里昂因此明白這年輕人相當拮据。他本該開一百五十塊的。

「要吃點東西嗎？」

年輕人點頭。

巨人把手伸進口袋，掏出一張十元鈔票。

傑夫看著那張鈔票。「眞的嗎？」

「星期五會從工資裡扣回。」里昂接著列出其他要從工資裡扣除的費用：帽子和上衣三十塊、工作證十五塊、遊園列車上一個鋪位每周四十塊。傑夫．帕克站在那兒眨著眼。他才剛加入五十秒，已經欠這個巨人八十五塊錢了。

艾利斯扔掉香菸，從上層甲板慢慢走下來迎接新人。他是個高個子，三十出頭，一張臉卻像個被髒手抹平的紙袋。

「你叫啥名字啊？」艾利斯問。

「帕茲。」里昂代他回答。

「不是，」傑夫說，「是帕克。結尾是K，不是S。」

「公園的意思。」艾利斯說。

「沒錯。」傑夫說。

「挺不賴，我喜歡。」艾利斯說。

「做個渾球好過當公園呀。」里昂在狗屋裡喊道，大笑聲吹散了積聚的皮屑。

等他們坐夠了摩天輪，希拉．克洛奇已覺得自己或許有點愛上吉姆．萊蒙斯了。他們在上頭親吻了幾次，在寂靜的高處俯瞰園遊會明亮的燈光，不知何故，要具體做點什麼似乎更顯重要。他小心翼翼對待她的身體，不像前夫會緊抓著她，彷彿這一抓之後他就要去一個再也不需要碰女人的地方了。吉姆．萊蒙斯不一樣。她得將他的手放上她的裙子，因爲他不肯自己動手。她喜歡他的靦腆、他的眼鏡，以及他有肌肉但毛不多的手臂。她想邀他回她的公寓，讓孩子們去玩任天堂，他們則到外頭的水泥小陽台坐，啜飲她收藏的昂貴藍干邑利口酒，這酒混著開特力喝就不會有任何宿醉感。

希拉的兒子藍迪獨自一人等在站台邊，摳著他的石膏。他媽讓他說出了自己和亨利．萊蒙斯吵架的事。「該死，你十歲，他七歲，你應該要照顧他的。」

「可是，媽媽，他罵我死胖子。」藍迪．克洛奇辯稱。

「我會罵得更難聽。」她咬著牙說，「七歲的小孩，你卻讓他跑了。」

二十分鐘後，吉姆．萊蒙斯在中軸線的起頭發現他的兒子，正看著一個打領結的男子展示一塊麂皮布神奇的吸收力。關於流動廁所裡發生的事，亨利沒有說太多，但已足夠。吉姆不是很確定故事的可信度。內心深處，他相信亨利是個不誠實的小孩，美貌讓他跟電影明星一樣心懷惡意又自我放縱。每次亨利來探親，吉姆的零錢罐就會有一小把硬幣遺失。上次來的時候，亨利聲稱有條響尾蛇在水槽排水口對著他搖尾巴，並哀求要回母親家。一整個周末他都不肯改口，就算吉姆爲此打了他一頓屁股也一樣。吉姆懷疑這孩子現在就在撒謊，故意想搞砸他的約會。但亨利丟了內褲和一隻鞋，這讓故事多了幾分不祥的眞實性。

吉姆把亨利帶到臨檢酒後駕車的檢查亭找警察。更多警察來到。一名巡警跟吉姆．萊蒙斯解釋說，他得帶吉姆和他兒子到鎭上的警局錄口供，並做些檢驗。亨利沒有哭，連要哭的跡象都沒有，但希拉．克洛奇哭得涕淚橫流，彷彿正在爲什麼戲試鏡，黑色睫毛膏一路流到了她頸子上。她給了吉姆一個長久而大力的擁抱。她漂白過的頭髮散發出燃燒塑膠的惡臭，呼吸因摩天輪上喝的琴酒拌冰檸檬汽水而刺鼻。

「我開車跟你們去警局，吉姆。」她說，「我會陪著你們。我想要。」

而吉姆想要希拉做的是趕緊離開，以免警察注意到她有多醉。「我覺得沒這個必要。」

吉姆以他公事公辦的語氣說。他拋下她走向等候的巡警，巡警堅持吉姆跟亨利要跟他一同搭警車去。吉姆．萊蒙斯清楚，警察是暗示他或許有理由篡改留在他兒子身上的證據，但今晚的事讓他心力交瘁，以至於並沒有感到受了冒犯。

警車駛出中軸線，穿過停車場，開上郡道，星光在此從遊樂園那兒奪回了夜空。

「情況如何，老大？」吉姆．萊蒙斯問亨利，他正哼著一齣電視劇的主題曲。

「還行。」亨利以平板的語氣說，不讓吉姆藉由提供安慰而好過點。

吉姆．萊蒙斯試著不去想亨利在流動廁所中可能經歷了什麼，而是將擔憂集中在他早該打給前妻的電話上。他們分得並不愉快。她花了一大筆律師費，以確保吉姆跟亨利的見面一個月不超過兩天。他讓亨利看了《哈利波特》之後，她要求監護協調員將他的探訪時間縮短一半，理由是未善盡父親的監督責任。吉姆．萊蒙斯有種預感，他可能將有好幾個月，或者好幾年，都見不到自己的兒子。會有好長一段時間，他記憶中的亨利就是眼前這樣子：只穿著一隻鞋，兩眼呆滯無神。

他搔著脖子。希拉．克洛奇的大耳環壓在上面好一陣子，留下了小小的紅色凹痕，正發癢。

以下是傑夫．帕克如何淪落到了園遊會來：

五十八歲年紀，傑夫的母親在網路上結識了一個男人，並搬進了他在佛羅里達州墨爾本市的屋子。那屋子很大，並坐擁海景。傑夫則在鳳凰城，暫時休學中，他母親要他飛過去共度一兩個星期。結果墨爾本的生活正合他意——他獨享一間三房的迷你公寓，同條街上有五間不同的酒吧，女人穿著泳衣在其中來來去去。後院裡，他母親的新丈夫種了一棵神奇的樹，檸檬樹樹幹上嫁接著柳橙、橘子、蜜橘、金桔及葡萄柚枝，每一根都各自結著鮮豔的果實。每天早上，傑夫會去摘個滿懷，幫自己榨上一大瓶濃稠又帶著太陽熱度的果汁。那屋子對他母親也好。游泳池讓她減了十五磅。她似乎不再喜怒無常，多數下午他們都會玩克里比奇牌，當傑夫贏的時候她也不會大發雷霆。傑夫的拜訪持續了四個月，而他打算至少再待四個月。

他母親的丈夫大衛是個沉默寡言的人，跟傑夫．帕克沒什麼話說。身爲將近七十歲的退休驗光師，他每天幾乎待都在後院的溫室裡。他在裡面培養參加競賽的牡丹，一株株花朵就像牛心一樣又紅又重。日子一天天過去，兩個男人間連一句話都沒說。但上星期的一個早上，他來到傑夫的房間有話要說。「傑佛瑞，有個忙你可以幫。」他將一個綠桶裝的汽車蠟放在床頭櫃。於是傑夫花了憤怒的三個小時，頂著大太陽，蹲在白色水泥車道上，幫老頭的富豪及他給傑夫母親開的奧迪休旅車打蠟。

然後是今天，傑夫正在日光室的吊椅上看雜誌時，大衛開來一輛雪佛蘭休旅車，並又拿了一桶汽車蠟給傑夫。他解釋這輛車是他四重唱合唱團中的一位男士所有，而他的手腕不太好。

「你要我幫你哥兒們的車打蠟？」傑夫問。

「正是如此。」老頭說。

傑夫大笑，回頭繼續看他的雜誌，口中說著：「這個好笑。」老頭隨即重重賞了他一耳光。接著就見兩人四腿交纏、哼哼唧唧地在日光室的磚頭地板上扭成一團。口水及四個月的積怨從銀髮紳士的嘴裡傾瀉而出。傑夫將他放倒在地，膝蓋壓制著老頭爆青筋的二頭肌。傑夫並不想打他，希望過個一兩分鐘，繼父的怒火就會平息，但他持續脹紅了臉，唾沫四射，使勁扭動想要掙脫。傑夫的母親走到屋外，在泳池邊痛哭。傑夫跟老人說他會放開他，並永遠離開這屋子。大衛閉上眼睛，點點頭。於是，傑夫將壓著繼父胳膊的膝蓋挪開，此時老人卻作勢要去咬傑夫的下體。他沒咬中，然而利牙卻咬在了傑夫短褲掀起，正好裸露的大腿內側，咬破了皮。到了這時候，傑夫確實在內心找到了動力，往老人的下顎關節捶了好幾拳。結束時，他繼父的耳朵裡淌著深色的血，他的大腿上則破了個洞。傑夫·帕克爬起來，往行李袋裡塞了幾件衣服，然後跑過他母親身邊，穿過牡丹花園離去，園裡的灑水器此時正好啓動。

一名警探來到海盜船，想知道里昂和傑夫．帕克當晚六點十五分人在哪裡。里昂跟警察說，當時他就坐在這裡的凳子上，有大概一百個渾球看著他。傑夫．帕克說他正從墨爾本沿著一號公路的路肩走過來。「這……」警探輕聲笑了笑說，「可不是成功人士會用的七大不在場證明之一。」

「爲什麼要問？發生什麼事了？」傑夫．帕克問。

「反正，」警探說，「等我們回來採驗你們所有人的血液及毛髮樣本後，事情就會弄清楚了。」他抄錄下傑夫駕照上的資料，然後去買了份炸甜麵團。

警察走後，艾利斯從引擎機房裡爬出來。

「你死哪去了？」里昂問。

「補墊片。」艾利斯說。

里昂說了警察和 DNA 樣本的事，艾利斯往地上啐了一口。「這正是典型的狗屁不通。」他說，「沒有法院命令他們不能拿你的毛髮。」

「他們可以拿我的去沒關係。」傑夫．帕克說，「我什麼也沒做。」

艾利斯微笑。「是啊，但就算你做了也一樣不能。」

要搭海盜船的隊伍在入口處越排越長，希拉．克洛奇跟她的胖兒子也在其中。希拉的臉撲了白色的粉，頭髮漂成白色，還穿著白色牛仔褲和白色露背上衣。藍迪一身則是藍色石膏、橘色襯衫、粉色臉龐、黑色頭髮，彷彿用某種方式將他媽身上的顏色都抽取過來了。

「我才不要坐這破船。」藍迪說，「我想回家。」

「那也好。我們的票只夠一個人坐。」希拉心情沉痛。她心繫著吉姆．萊蒙斯。她已經爲吉姆和他兒子祈禱了三遍，然而卻還是不禁想到，他就這麼搭上警車離開，口袋裡價值至少四十美金的遊園券，也全都浪費了。

她將最後三張遊園券遞給傑夫．帕克，他卻說：「抱歉，要四張才能搭。」

「上去吧，女士。」艾利斯說，並揮開她那三張券。希拉謝過他們，找了個位子坐。

「我是這艘爛船的船長。」艾利斯說。

「什麼？」傑夫．帕克問。

「只要是兩顆奶兩條腿的馬子，就讓她們免費坐。很有用，老弟，我可是有上不完的馬子送上門。在這裡也就只有他媽的這麼點額外福利。」

引擎啓動。兩個男人一同站在甲板上層，看著希拉．克洛奇飛揚的頭髮隨著船身的擺動而模糊一片。

「眞是金髮尤物。」艾利斯說，「我可以將她該死的孩子整個吞下肚，就爲了嚐嚐他娘胎的滋味。」

消息傳開，警方在找一個把小孩帶進廁所的男人，這在海盜船引發了罪與罰的討論。

「嘿，帕茲。」巨人朝新人吼道，「在哪個州被判死刑最好？」傑夫·帕克不知道。

答案是德拉瓦州。「在德拉瓦州，你可以選擇他們該怎麼殺你，這就表示你還可以選擇絞刑。」

「所以呢？」傑夫說。

「所以呢，如果他們執行失敗——讓你癱瘓什麼的——他們就得放了你。這是權利法案上寫的。目前爲止，我還沒聽說有人挺過注射死刑，但絞刑還有一線生機。你會不成人形，但有活下去的機會。」

這城市的市民快要沒什麼東西可看了。他們曾有棟漂亮的五層公寓大樓，但下面開了個沉陷坑。大聯盟一支棒球隊曾固定在這裡春訓，但幾年前轉往聖塔菲乾燥的空氣。值得看的只剩下柑橘園和空蕩蕩的綠色大海。

今晚來園遊會的人眼中是多麼飢渴呀！一切都令他們驚奇。當艾利斯爬到海盜船高處鐵架上換燈泡時，倚在六十呎高的衍架頂端，他的運動鞋勉強點在立足的螺栓帽上，下面聚集了一群人高喊：「小心呀，別打滑！」一名青少年偷看到里昂的刺青——兩對扭曲交纏的數字五，和一個刺青師看來終於把角度弄對的模糊萬字符——讓海盜船一時變得熱門起來，年輕小鬼們排著隊想一窺巨人的邪惡手臂，以此為樂。

遊樂設施操作員和特許商販們喜歡看著蓋瑞，他是「拉鍊飛車」的管理員，一個鏈鋸形狀的橢圓設施，不過高速旋轉的不是鋸齒而是車廂。當設施跑動，蓋瑞會在拉鍊飛車下穿梭閃避，撿拾從車廂中紛紛落下的零錢和香菸。高速飛馳的車廂間極危險地接近，但蓋瑞清楚安全間隔，以及車廂接近時氣流的變化。他的動作帶有奇異而醉人的優雅，隱約散發著東方氣息，有如帶來幻夢的一陣風。要不是蓋瑞有輕微智力障礙，里昂說他可以在拉斯維加斯的舞台上大賺一筆，但他人在這兒，在園遊會人員間大名鼎鼎，廣受愛戴。

下起一陣雨。人群分散躲進各攤位的棚子下，然後漸漸消失。傑夫．帕克在指節間來回翻轉一枚二十五分硬幣。艾利斯覺得這個硬幣花招很厲害，堅持要傑夫教他。

巨人不喜歡艾利斯讓這個新人這麼出風頭。里昂心知過不了多久，他就會老得無力負荷每隔兩周園遊會要打包上路時，搬動重型金屬機具所需的體力。他的領班地位岌岌可危，而年輕人之間的結盟就預示著叛變。

「想看我變魔術嗎？」里昂對傑夫．帕克說。

「好啊。」

里昂取出嘴裡的香菸，將一長條灰色毛毛蟲似的菸灰彈在傑夫．帕克的肩頭。

「急急如律令，你是個菸灰缸了。」

一個女人站在海盜船的閘門口，凝視著空無。「來呀，女士。」艾利斯朝她吼，「快來當海盜。」

女人的臉就像去了皮的蘋果一般樸實無華。「這是什麼樣的遊樂設施？」她問傑夫．帕克，傑夫現在明白她是個盲人。

「是條船，」他說，「你坐上去，它會搖來搖去。」

「會上下翻轉嗎？」

「不會，但搖得非常快。」

「但不會上下顛倒？」

「不會。」

「那好，我要坐。」

她緊握傑夫的手，在他們步上平台時像情人一樣依偎著他。每一步，她的腳都會在半空盤旋，檢查腳下地面是否有陷阱。傑夫扶著她粗壯的腰，慢慢協助她坐到板凳上。

船開動，傑夫盯著那個盲女，如果她開始驚慌，就準備出聲要船停下，但她沒慌。當船擺到極限處失重時，她身旁的男子驚恐地吶喊，但盲女卻在微笑，彷彿剛爲一個困擾多時的問題找到答案。乘坐結束，傑夫過去幫她走下站台。她全身暖洋洋倚著他，並停不住地笑。

「謝謝你，非常感謝。」她說。而傑夫爲自己能在海盜船找到工作感到高興，這台機器能輕易從人們身上汲取出喜悅，就如同鑽井從地底汲取出石油。

當人群散去，燈光同時熄滅，工作人員登上載他們前往遊園列車的巴士。車窗蒙著藍色汙垢。巴士上沒有座位。擋風玻璃上方的目的地插牌寫著：「棕櫚灘之旅」。

艾利斯在列車上的鋪位有空床，是前一天跑走的那個海盜船組員所空下。傑夫遲疑不決，於是艾利斯說：「不然去跟墨西哥人睡吧，但先跟你說，他們偷竊成性，無所不偷。」

傑夫接受了艾利斯的空床位。臥鋪散發著潮濕腐爛的氣味。但傑夫太累了，能夠睡覺對他而言就跟性愛或食物一樣讓人滿足不已。他爬上上鋪，把臉頰貼在橡膠床墊上，上面還留著前人口水的褐色印漬。

不久，艾利斯在下鋪粗魯地自娛，搞得整張床搖搖晃晃、嘎吱作響。完事後，他才有了聊天的興致。

「你會在這兒待上一段時間嗎，帕克？」他問傑夫。

「應該吧。」傑夫說，「只是站在那兒，就有錢拿。」

「等我們要把那鬼玩意拆掉的時候，再來跟我說吧。」艾利斯的手出現在傑夫的床墊和牆壁之間的縫隙中，其中一根手指前兩指節都呈現瘀青。「那個渾蛋里昂把一跟橫樑砸在上面，而且還笑得出來。我原本以爲這支該死的手指沒救了。如果他害死了你或我，我覺得他甚至連眉頭也不會皺一下。」

傑夫說他會注意。

「我不是看不起你，但你根本不知道要注意什麼。我會幫你注意。高處的那些鋼鐵玩意交給我，至少接下來一兩站這樣，而你可以的地方就盡量幫我。這裡沒人能單靠自己存活下來。在巡迴園遊會工作，你需要個搭檔。」

「說得對。」傑夫說。他想到自己欠那巨人的八十五塊，有種不好的預感，現在自己也欠了艾利斯些什麼。

園遊會一天的工作長達十六小時，因此到了晚上，遊園列車充滿了人們試圖在午夜和黎明之間塞入些日常生活的迴響與哭鬧聲。

傑夫．帕克的手錶顯示凌晨兩點二十分，有人踹開他隔壁車廂的門。「你他媽的在幹嘛？」一個男人的聲音吼道。

沒有回答，只有一聲巨響。傑夫感覺腳下的鐵皮牆變了形。

凌晨四點十分，傑夫腦袋旁的車廂裡，一個女人說：「我是說，你他媽把我的心吃了，朗恩，生吞活剝，跟隻老鷹一樣，直接從我胸口挖出來吃了。」一陣抽泣聲，「哦，上帝呀，朗恩，我爲什麼這麼該死的愛你？我只對自己的孩子們有更多的愛。不，去他的，我愛你勝過我的孩子。」

「你能不能閉嘴，蘇珊娜？你在丟我的臉。」

啜泣聲中止，蘇珊娜說：「是你在丟自己的臉。」

十點鐘，遊樂場裡，園遊會所有工作人員都在中軸線頂端排隊領取免費午餐，是由郡裡的消防人員所招待，因爲他們不知道前一晚攤位上剩下的八十磅烤雞肉還能怎麼辦。雞胸肉還在消防局的冷凍櫃裡。這是一頓只有焦肉的午餐，包含一整支雞腿。郡警站在自助餐的尾端，在一名消防員妻子分發甜點核桃酥前，警探會要求男性員工拉起上衣，檢查皮帶扣。接著會拍下他們的大頭照，稍後拿給亨利．萊蒙斯看。

傑夫．帕克獨自到農牧帳篷裡吃他的雞腿，裡面充滿燕麥的味道，以及競賽牛隻令人愉悅的嘀咕聲。

他探望了籠裡的兔子，還將手指伸進關著一隻灰色大野兔的圍籠裡。野兔對著傑夫的手指動了動鼻頭的粉紅色裂縫，然後狠狠咬了下去。傑夫抽回手指，指尖腫起一個血泡。「我是參加肉類競賽的加州荷蘭兔」，籠子上的標示寫道。

傑夫聽見帳篷另一頭傳來水管嘩啦啦的水聲。一名十四歲左右的男孩站在一頭黑得發亮的閹牛旁，手裡拿著一個裝滿肥皀水的藍色桶子。他將桶裡的水全沿著牛的背脊倒下，肥皀水化爲一顆顆亮白的水滴流淌，有如圓環蛋糕上的糖霜。他將閹牛沖乾淨，然後拿出一把蘇格蘭梳順著牛肋骨劃出長長的弧線，將皮上的水掃進地上木屑中。梳子劃過之處，閹牛的皮毛像新鮮焦油一般閃閃發光。

男孩在將牛身一側梳理完畢後，才轉過身發現了傑夫。男孩名叫查德。他乾乾淨淨，洋溢著健康氣息，傑夫深受吸引。「漂亮的公牛。」傑夫說。

「是閹牛。」查德說。

「有什麼差別。」

「閹牛沒了蛋蛋。想買下牠嗎？」

「多少錢？」傑夫問。

「如果沒賣到一千二以上，我會很不爽。」

「是賣來吃的？」

「是啊，食用牛。」

「如果只是要宰來吃，那還費心將牠打理得這麼好看，似乎也很奇怪。」

「總有一天你也會成爲一堆死肉，但你每天早上還是會梳頭。」他說，「或者說應該要梳。」

男孩拎起水桶，消失在牛的背脊後。

傑夫坐到寵物園旁的一綑乾草上，望著一隻鵝追逐一隻迷你豬。沒坐多久，他就發現艾利斯站在圍欄遠端，正看著他。艾利斯傾身搔了搔迷你豬的鼻子，豬感激地呼嚕著。

「我曾剝過一頭豬的皮，小時候在肯塔基州，」他說，並緩緩在一張長凳坐下，「是頭尖背野豬。分解也自己來——火腿、肩肉、肋排，所有部位。鹿啊，松鼠啊，我差不多什麼皮都能剝。」他搖搖頭，「這裡沒人知道。這裡沒人知道關於我的任何事。」

傑夫・帕克說他有同感。

艾利斯笑了。「你跟我很像。安靜，凡事放心裡。這很好。」

「或許吧。」

艾利斯拍了拍身旁的板凳空位。「過來這邊。」他說。傑夫走了過去，但沒有坐下。「你看起來在爲什麼事感到低落。看上去有心事。」

「沒什麼，」傑夫說，「有點累了吧，我猜。」

「嗯哼，」艾利斯冷笑著說，「你騙不了我。不只是這樣，我看得出來。」

年輕的牧童領著他閃閃發光的閹牛漫步而過。艾利斯轉過身。他以一種讓傑夫・帕克感覺不安的專注，凝視著那男孩，腦袋微微搖擺，以便捕捉男孩每一步的動態，好似這場面必須以一種完美而持久的方式記錄下來。傑夫・帕克腦中閃過一個畫面：艾利斯與那學童蹲伏在移動式廁所裡。傑夫不記得有見到他排隊拿雞肉，接受拍照，領取核桃酥。他考慮跟警探提提艾利斯的事，但不確定要怎麼措辭表達他的懷疑，而不會聽起來胡言亂語，或者替自己惹上嫌疑。於是傑夫放棄了這個念頭，返回海盜船。

下午，人潮減少。里昂坐在狗屋裡，嚎著一首謊言編織的民謠：

「他們說我的肩胛骨生了癌，要花一萬塊才能治好。相反地，我喝了些喝黑麥酒，我兄弟拿了把美工刀進來，剔出一堆紫色小顆粒，從那之後我一直都好好的。

「你們看過史提夫．馬丁的那部電影嗎，講馬戲團那部？我在裡面有客串一角。嗯，有天他走到我面前——史提夫．馬丁呀——叫我去幫他拿罐沙士，動作快點不然要給我好看。知道我怎麼做嗎？轉身就給那狗娘養的一拳。」

艾利斯笑了，而傑夫坐在上層甲板，背對著兩人。他正想著自己在墨爾本的臥室。大腿上的傷口一陣悸動，讓他思量起人類口腔裡充滿著多少大名鼎鼎的邪惡細菌。

「我們讓帕克悶悶不樂，里昂。」艾利斯對巨人說，「我覺得他不喜歡我們了。」

「我只是不想說話，艾利斯。」傑夫說，「有問題嗎？」

「狗屎，是啊，有問題。你讓時間過得更慢了。」

艾利斯從狗屋的紙箱裡拿出一個燈泡，指著高懸在船上那橫眉怒目的海盜頭，其四周環繞的一圈燈泡中，有一顆不亮了。

「拿著，帕克，上去換。」艾利斯說著將燈泡交給傑夫。

帕克盯著要爬過的地方，得沿著伸縮梯往上爬五十呎，梯子是用磨損到如針細的尼龍繩綁在一根支撐柱後面。光看著他就感覺腳軟。

「我還以爲……你不是說高處的工作交給你負責嗎，艾利斯？」傑夫．帕克說。

艾利斯吸吮著一顆牙。「我改變主意了。」

傑夫把燈泡叼在嘴裡，開始攀爬支柱。梯子缺了幾階，爬的時候他手臂不住打顫。快要爬到頂端時，突然一陣風吹晃梯子。「啊。」傑夫忍不住開口。燈泡從雙唇間飄落，砸碎在甲板上。

「三塊錢。」巨人抬頭對著他喊，「這些狗屎玩意可不是樹上長出來的。」

平日的晚上，花十塊錢買張黃色通行證，遊樂設施就可以無限制任你玩。有個十五歲的女孩連續坐了九次海盜船。戶外很熱，但她穿了件毛茸茸的橘色毛衣，汗流浹背不止。她一直不停吸食著遊樂場賣的磷光糖。每次傑夫．帕克拉過她的腿上防護桿，確保緊緊鎖上時，都會偷瞄一眼她牙齒後閃爍的淡綠色微光，那光既淒涼又予人安慰，是空蕩蕩街道上一間寂寥小屋的窗口所散發出的光線。他覺得那是爲他而存在。

「我是凱蒂。」坐到第十趟時，她跟他說，「我見到你這麼多次，覺得應該要自我介紹一下。」

他說了自己的名字。「眞不知道你怎麼能一直坐這玩意兒。我坐一次八成就要吐了。」

「你整晚站在這裡，卻一次都沒坐過？」

「沒有。」傑夫說。

綠光在她舌頭上跳動。「這是我一整天聽到最白癡的事了。嘿，你能幫我個忙嗎？」

「什麼忙？」傑夫問。

「這次你能讓它跑久一點嗎？」

「我試試看。」海盜船啓動。船隻擺動，凱蒂望著他，他則望著那對夏日紅唇中模糊的綠色光影。

擺盪結束，她前去看「復古村」的斧頭雜耍表演。但二十分鐘後，她又回來了。

「記得我嗎？」她對傑夫說，打招呼時手指順勢滑進他掌中。

「不記得。」他咧嘴笑說。

「哦，少來，你記得的。」

等待座位塡滿的同時，他有時間跟她聊聊。

「你知道任何秘密嗎？」她問他。

「知道。」

「我是指園遊會的事。比如說，你能教我怎麼贏那些遊戲嗎？」

「一開始就別去招惹他們。」

「嘿，別這麼古板。他們沒教你秘訣？」

「有，但我不能告訴你。」

「爲什麼？」

「不知道。他們會拿我去餵美人魚。」他指了指中軸線對面的「人魚館」，三名漂亮的女子穿著比基尼上衣和魚尾下身，正一同在波光粼粼的塑膠玻璃水缸中翻滾扭動。

「聽起來挺刺激呀。」

海盜船停下時，女孩喊他過來。

「嘿，」她跟傑夫說，「他們會讓你離開一下嗎，還是你整晚都得堅守這玩意？」

「我九點會有半小時休息時間。怎麼了？」

她聳聳肩。「不知道。或許可以一起晃晃？你可以幫我贏點破爛回來。」

「好啊。」傑夫說。

「在那邊碰面如何，讓人扔硬幣的那個地方？」

「沒問題。」

「好啦，繼續吧，讓這玩意兒動起來，把我盪得越高越好。」

夜幕降臨，拉鍊飛車的舞者蓋瑞收到了一個信封。他看著那方折疊好的玻璃紙穿過洶湧而來的夜色飄落在手上。一趟遊程結束後，他走進狗屋打開信，讓蓋瑞喜出望外的是，裡面裝著一小撮棕色海洛因。他在狗屋的地板上找到一張錫箔紙，有一面沾著辣醬熱狗殘留物，於是他將錫箔紙折成正方形，調整角度成淺淺的斜面，再將藥抹在斜坡頂端，並拿著打火機在下方加熱。那坨藥末融化滑落，留下一條冒著煙的汙痕。蓋瑞緊閉雙唇吸著那道煙，聞到一股醋和醃牛肉的氣味。

乘客們在等待。他走出去將他們鎖進車廂裡。接著他啟動引擎，並溜到設施下，準備跳舞迎接更多掉落的禮物。但現在，蓋瑞對旋轉、落下事物的感知已經膨脹到超越了拉鍊飛車簡單的運動，而擴及整條翻騰的中軸線，甚至是在這一切下方，我們這顆星球那更廣闊、更奧妙的轉動。他神遊在與遠方某個旋轉的東西交流時，錯失了拉鍊飛車的節奏，也沒能感覺到壓上皮膚的氣流。高速行進車廂的角鐵車頭重重撞上他的後腦勺。車廂將他拖行了一會兒，然後拋在沙地上。

傑夫‧帕克去了露天舞台旁用煤渣磚蓋的廁所。在一方當作鏡子用的凹陷錫片上，他瞧見一張陌生的臉正回看著自己。他的臉頰因汙垢而黯沉，眼睛亮晃晃卻毫無生氣。

他走到公用電話，撥打對方付費電話給他母親。

「你可以開車到諾頓海灘市來嗎？」他問她。他說明了園遊會的事，並說他想回家。

「嗯，聽起來很多采多姿呀，我說眞的。」

「並沒有。來接我吧。」

「大衛斷了根肋骨。」她說，「不全是你的錯，我知道。在我看來，你們兩個都是野蠻的白癡。要是我有點骨氣，就會叫你們兩個都滾遠點，讓我孤獨地度過餘生。但就這樣吧，誰叫我是個膽小鬼。」

「能不能拜託你來接我？」

「你的要求我辦不到。我不能把你帶回這裡。」
「你能匯點錢給我嗎？」
「我的皮包裡少了五十塊。」
「是四十。」
「噢，我道歉。」她說。
「去開車就好。」
電話線裡靜默了片刻。她嘆了口氣。「聽著，我很抱歉，但現在不太方便。韓德森家一小時後就要到了，我還得給朝鮮薊填餡料。過兩三天再打給我吧，到時我們可以好好談談。但說真的，我想某方面而言這或許是件好事。你需要些刺激振作起來，我覺得。」
一名《諾頓海灘訊息報》的年輕記者，手邊本來在寫「美國未來農民」養鴨大賽的報導，卻主動轉去負責起拉鍊飛車人員撞破腦袋的意外事件。蓋瑞陷入昏迷，清醒的機率微乎其微。這位比傑夫·帕克大不了多少的記者來到海盜船，想聽認識他的人發表幾句感言。他朝里昂和傑夫揮舞著原子筆屁股，兩人都拒絕發言。但艾利斯很樂於跟這個年輕人聊聊。「蓋瑞是一個極其大方的人。」艾利斯說，「這是他最大的特點。」

記者快速記下這條情報，然後帶著惹人反感的微笑再次注視著艾利斯。「你知道他們在報社辦公室散佈什麼消息嗎？幾年前，蓋瑞因爲染指一個四歲小孩而在傑克森懲戒所蹲過。」

他點上菸，玩味著他手中這條關於拉鍊飛車人的醜聞。「當然，他們想把那天晚上發生的事栽贓到他頭上，但在我看來，這其中有些不對勁。」他深吸一口煙，瞇起眼睛望著空中飛椅，彷彿空中飛椅也有些不對勁之處。接著他穿過中軸線，來到籃球投籃機前。記者五投三中，相當不錯的成績，畢竟籃框被動過手腳，形狀大小就像顆腰豆。

FFA盃閹牛比賽正在農牧帳裡舉行。查德和他的黑牛也在。他身穿鮮綠色背心，打著領結，也和旁邊五六個年輕男女一樣，用細長帶鉤的桿子戳著自家牛隻的腹部。

裁判霍瑞斯．泰特是個神色和善、滿面紅光的人，條紋襯衫緊緊紮在飽滿的肚子上。在他指揮下，參賽者們領著牛隻鄭重地繞場遊行。繞行三圈後，泰特拂去牛仔帽上的一些木屑，對著麥克風說話：「作爲這次比賽的裁判，」他說，「我看的是整體表現：得是一頭身材修長又高大壯碩，行動力良好又有陽剛氣質的閹牛。這些年輕人今晚帶來了一些非常傑出的牛隻，但我想第一名得頒給……查德的黑色安格斯牛，多米諾。查德，來這兒說說你是怎麼養育多米諾的吧。」事實上，多米諾的跗關節有點彎。而最優秀的應該是一頭白色夏洛來牛，完美無瑕到像是從肥皂雕刻出來的。但牠的主人是一個滿臉青春痘，上衣也不紮的古怪男孩，泰特覺得不會爲FFA增光。

查德戒愼恐懼地望著麥克風，對著說話時聲音幾乎跟耳語差不多。「牠相當大器晚成，對籠頭的態度也很強硬。」

當查德對著空蕩蕩的看台喃喃自語時，霍瑞斯．泰特用襯衫袖口擦拭著皮帶扣。他以這個皮帶扣爲榮，銀色橢圓，中間鑲著一顆藍綠色的月亮。是女兒高中時親手做給他的。她現在住在聖塔菲，不過他已經有好幾年沒她的消息了。泰特牽掛自己的女兒，但皮帶扣給他帶來安慰，似乎在保證著她一切都會安好。

比賽結束。查德帶著他的藍色綬帶離開。擁有白色閹牛和滿臉坑疤的男孩則因爲養育日誌最乾淨整齊而受到表揚。

泰特這禮拜都會待在這裡。他在西邊兩小時車程外有座小牧場，就在基西米市外，他在那裡養了幾十頭骨瘦如柴的牲口和他老婆堅持要養的一批羊駝。年輕的時候，泰特騎過競賽用的野馬，後來還開了賽車，任何快到讓人無暇思考的東西都令他著迷。但對園遊會各種娛樂設施那毫無意義的速度他則一點興趣也沒有。眺望著園遊會上不停旋轉的天際線，他不禁想著，有這麼多燃料和鋼鐵，可以搬運多少的沙土，可以輸送多少的牛肉呀。他也想起，昨天晚上，蜂蜜罐裡的男孩，並感到一種愉悅的痛楚，像是有人拿著珠寶匠的銼刀在銼著胸骨內側。他內心有股渴望想去溜達一圈，但他壓抑下來，改前往他唯一享受的遊樂設施——高空懸吊。該設施是一隊高掛的滑翔翼，翼下懸著小吊床。機翼和吊床裝置被固定在一個旋轉的鋼圈上，鋼圈轉動時，相連的巨型液壓臂會讓其高高騰飛在中軸線的上空。這是個溫和的設施，由一位心地寬厚的工程師所設計，他重視設施創造的驚奇勝過呆板的恐懼。你懸空趴著，沒有其他設施能這麼完美地模擬鳥類飛行的感覺。液壓臂上舉，騰空而起，平穩地翱翔在遊樂園上空，泰特無助地傻笑，夜風有如快速而甜蜜的笑話不斷拍打著他。

「看路呀，渾蛋。」一名摩托車女騎士對著傑夫．帕克說。她穿著一雙帶有馬刺與流蘇的昂貴靴子。傑夫．帕克急著去跟那個女孩凱蒂碰面，一不小心踩到了她的腳。不過傑夫已經沿中軸線跑遠了。他的急切之情是多麼可笑，不過是去見一個交談還不超過五分鐘的女孩罷了。凱蒂和她閃著綠光的牙齒——他說不上來爲什麼，但自從老頭子在日光室卯上他以來，她是頭一個具有意義的事物。催促著他的並非性衝動，而是一種讓人頭暈目眩的鍾情。他想像著她的臥房，乾淨並充滿少女的氣息，位在一間遠離此地的屋子裡。想到這唾液在他舌頭下積聚起來。

但她沒有在擲硬幣那裡等他，僅有的顧客是兩名年邁女性，正朝著讓人沮喪的獎品拋擲錢幣——髒兮兮的啤酒杯、成堆泛黃的T恤、印著含糊標語的咖啡杯（像是「鼻子郡資源回收計畫」、「硫磺市爺爺」）。趁管理員沒注意，傑夫．帕克用鞋頭壓住三枚硬幣，並從分隔繩下拖了過來。

十五分鐘過去，凱蒂仍沒有出現。傑夫感覺像是遭了竊。他在「淘金人」那裡沒有找到她，在那兒花上五美元，你就可以拿一袋動過手腳的泥土來篩金，泥土裡預先埋了不值錢寶石。在「毒氣室」、「大霹靂」、「趕牲口」、「大火球」，或「星艦 2000」，或排隊的廁所，或者「復古村」，也全都沒碰到她。到了將近十點，他在孟加拉虎籠子前一群嘻笑逗弄老虎的人之間瞧見她橘色的毛衣，她正望著那隻大貓不停繞著圈子打轉。傑夫喊她的名字。她因為身旁的女孩說了些什麼而大笑，所以沒聽見。他快步走向她，手搭上她的肩膀，將她拉向自己，力氣大得讓她的腦袋猛然後仰。人群轉過身來。她的下巴寬闊而美麗地懸張著，但嘴裡的光已然熄滅。

一切破碎，一切成灰

Everything Ravaged, Everything Burned

正當我們就要回歸陸地上的日常作息，有人卻開始策動飛龍與作物疫病跨越北海而來肆虐。我們都知道是誰。是一個名叫納多德[1]的變節挪威僧侶，過去十多年來他一直是龍虐與疫災巡迴的幕後大黑手。眾所周知不管哪位只要掏得出銀子，他都能提供毀滅性武器。傳言說納多德正在林迪斯法恩島[2]上的一間修道院施法。去年秋收季後橫掃諾森布里亞[3]的旋風式擄掠之行中，我們曾帶給那地方的人們不少麻煩[4]。現在刺骨的寒風正從西邊呼嘯而至，使土地乾涸，將牧草連根拔起。出水的鮭魚渾身傷痕累累，成群蝗蟲發出貪婪的嗡嗡聲緊緊攀附著小麥。

我試著將這些事趕出腦海。我們才花了三個月擄掠希伯尼[5]沿岸，現在我回到了同居人琵拉身邊，只覺在這無盡的夏日裡，家園近乎天堂。琵拉和我共同搭建了屬於我們的屋子，是間用枝條和黏土構成的小屋，座落在一片美麗的平原上，還有寬闊的蔚藍峽灣刺穿其中。夏日黃昏，我和年輕的妻子會坐在屋前，在馬鈴薯酒的薰陶中，望著夕陽將橘紅色的裙擺編織過地平線。在這樣的時刻，你會油然興起一種美好而謙卑的感覺，好似眾神先創造了這地方、這一刻，事後才動念捏塑出你，只爲了有人能夠享受這一切。

---

1 歷史上納多德（Naddod）真有其人，是西元八世紀出身挪威的維京人，據信是頭一批定居法羅群島的住民，也是首位發現冰島的探險家。

2 Lindisfarne，亦稱聖島（Holy Island），是位於英國東北諾森伯蘭郡的一個潮汐島，其歷史可以追溯到西元六世紀，多位基督教聖人曾在此傳教，逐漸成為北英格蘭基督教傳教者的聖地。

3 Northumbria，今日英格蘭北部與蘇格蘭東南部區域，西元七到十世紀間曾是盎格魯人建立的獨立王國。

4 西元七九三年，維京人洗劫林迪斯法恩，毀了林迪斯法恩修道院，在基督教世界引發恐慌，也為維京時代拉開序幕。直到西元一零六六年丹麥人征服英格蘭為止，這段時期一般稱之為「維京時代」，是歐洲古典時代和中世紀之間的過渡時期。

5 Hibernia，愛爾蘭島的古拉丁名。

我和琵拉鎮日吃喝玩樂，無所事事。但聽到屋外呼嘯而過的淒厲風聲，我知道那意味著什麼。三星期航程外的幾個傢伙正打算毀掉我們的夏日，大概很需要有人好好抽他們一頓屁股。

當然，加爾夫．費海爾早在他老婆發現那些從海岸襲向內陸的飛龍前，就已經抄出了他的長矛。他是我們船上的老大，也是個戰爭狂。他的戰鬥慾望極其恐怖且具感染性，有次甚至還號召了一幫法蘭克人[6]奴隸，領著他們南下折磨殘害自己的同胞。他大肆殺戮了四天，這些奴隸才開始看清情況，突然倒戈相向。加爾夫原本正沿著萊茵河谷一路砍殺，面對孩童和農夫組成的半吊子民兵勢如破竹，奴隸卻在此時從身後包抄他。據當時在場的人所述，他徹底抓狂，暴怒地揮舞著一對板斧，像啃玉米似地橫掃過戰線。斧頭斷裂後，他還抄起別人的斷腿當棍棒使，嚇得那些溫和的鄉巴佬退避三舍，讓他大搖大擺地回到船上。

加爾夫來自施里海灣的什勒斯維希—海澤比[7]，那是個汙穢骯髒、亂石遍布之處，那裡的人對生活中許多恐怖的面向令人不安地樂在其中。他們有個習俗，如果一個孩子出生時外貌不討喜，會將其拋進深海，等待下一個孩子到來。據說加爾夫本是患了腹絞痛的嬰孩，當他父親打算將他從世上沖洗掉時，多虧潮汐相助和自身兇惡的韌性才讓他爬上了遠方的海灘。

自此，他一直致力於討回公道。印象裡在對抗虔誠者路易[8]的搜索與消滅之旅中，我跟

---

6 法蘭克人是歷史上盤據中西歐地區的日耳曼民族其中一支。西元五世紀至九世紀形成法蘭克王國，是當時中西歐大國。

7 Hedeby，北歐古城，是歐陸和北歐的貿易樞紐，曾長期被維京人盤據，是研究維京時期歐洲經濟、社會與歷史發展的關鍵遺址，現已被聯合國教科文組織列為世界遺產。

8 Louis the Pious，即路易一世，法蘭克王國的國王。

他同行，並親眼看他爬上兵卒的後背，跨坐在他們肩頭，一路揮舞著鐮刀收割頭顱。同一趟征途中，我們糧草不足，也是加爾夫決定將同袍屍體扔到火上，等腹部爆裂後便有前晚的羊肉可享用。除了那個隨行擔任除咒師的阿拉伯瘋子，加爾夫是我們之中唯一能吃得津津有味的。他將手直接伸入破肚中，用一柄松樹皮舀出嚼爛的食物。「一群菜鳥。」他這麼說我們，火光在他臉上跳動。「食物就是食物。要是這些傢伙沒翹辮子，他們也會這麼說。」

加爾夫的老婆是個乖戾又碎嘴的女人，讓他沒什麼理由待在家，一心急著要跳回船上，前往諾森布里亞將事情擺平。我的好兄弟努特就住在我家麥田後面岩石嶙峋的冰漬丘地上，有天他下了山，承認自己也在考慮這事。跟我一樣，他並不熱衷於舞刀弄劍。他只是對船隻有股狂熱。要是有人發明船首能劃開草地的船，那他從自己的小屋去茅房也會划船去。他的老婆幾年前去世了，死於變質牛奶，而隨著她的離去，努特身處一個腳下不會移動的地方所能感到的那份平靜，也隨之染病消亡。

琵拉瞧見他下山，皺起了眉頭。「不用猜也知道他想幹嘛。」她邊說邊轉身回屋裡。努特信步走下起伏的陵地，琵拉和我在山丘景色絕美處放了一雙樹墩椅，他在椅子前駐足。從那兒望出去，海灣如流淌的白銀閃耀，時不時還能瞥見海豹從波浪間探出腦袋。

努特的羊毛大衣因積垢而僵硬，一頭長髮又髒又重，寒風也難以吹動。他的鬍鬚上有一大坨鼻涕，不堪入目，但話說回來，他身邊也沒有人嫌棄。他從地上扯起一株石南花，咀嚼著其甜根。

「加爾夫找上你了沒？」他問。

「沒，還沒，但我可不擔心他會忘了。」

他從齒間抽出那株花，短暫塞進耳裡掏了掏，才隨手扔了。「你會去嗎？」

「沒聽到細節前我不會考慮。」

「我肯定去。一隻九頭龍昨晚飛來抓了羅夫・希爾達的羊。我們不能忍受這種鳥氣。說到底，這事關尊嚴。」

「狗屁，努特，你什麼時候變成這麼熱血的狗雜種了？阿絲茹走之前我可不記得你有這麼尊貴敏感。不管怎麼說，林迪斯法恩八成已經鳥不生蛋了。難道你不記得啦，上次掃蕩我們已將那些人洗劫一空，我懷疑他們在這段時間能生出什麼東西，値得我們大老遠跑去。」

我希望努特繼續說下去，並承認這裡的生活讓他孤獨憂傷，而不是這種戰鬥—家居交替的生活規律有多麼理所當然。光看著他我就知道，絕大多數日子他都想走進水中，再也不費事回頭上岸。他追求的不是戰鬥。他想要的是與夥伴一同回到船上。

大體而言，我自身對工作倒也不是全然反感，但我渴望跟琵拉多共度些甜美時光。我對那女孩的情感可能比她知道的還深，並期待能在收割季來臨前好好歡愛一番，看能不能爲我們倆造出隻小猴兒來。

但日子一天天過去，天氣也日益惡化。琵拉密切關注著這一切，同時悲傷在體內慢慢湧現，每當我準備要離開時總是如此。有些時候她會咒罵我，有些時候則會將我擁入懷中啜泣。有天深夜，離破曉還有很長時間，下起了冰雹。下得很突然，發出船的龍骨刮過岩石般的刺耳聲響。我們蹲伏在羊皮包覆下，我在琵拉耳邊低語著安撫的話，試圖蓋過嘩啦啦的冰雹聲。

太陽還沒完全升起，加爾夫就來敲門了。我起身，步過因寒露而潮濕的地板。加爾夫站在門口，身披鎖子甲與盾牌，氣喘吁吁彷彿是一路跑過來的。他將一把冰雹甩在我腳邊。「就是今天，」他說話時臉上掛著狂野的笑容，「我們得行動啦。」

當然，我大可跟他說聲不好意思。可一旦拒絕了一次工作，下次他們肯讓你參與固定費用的貿易護衛都算走運。我得做長遠的打算，爲了我跟琵拉，以及我們可能會產出的小毛頭們。儘管如此，聽見這消息她還是不快。我回到床上時，她拿被子蓋著臉，希望我會以爲她是在生氣，而非哭泣。

我們啓航時，雲層低垂布滿天際。船上共有三十人，努特跟我一起在船頭划槳，身後好些人都曾與我共患難過。有些人的家人來到岸邊送行。厄爾．史坦德顧著跟兒子揮手而打亂了划槳的節奏，他兒子也站在海灘上揮手回應。他兒子是個小不點，不到四五歲，光著屁股站在那兒，懷中還抱了一隻繫著皮帶的乳豬。船上有些人也不比他年長多少，都是些魯莽暴戾的孩子，對這個世界一無所知，跟你握手的同時就可能一刀捅了你。

努特樂不可支。他又笑又唱，使勁划著槳，而我只是把手搭在槳上裝裝樣子。我已經開始想念琵拉。我望向海灘尋找她的身影以及她明亮的紅髮。她沒來送行，對我的離開太過惱怒與哀傷讓她起不了床。但我依然搜尋著她的身影，而陸地隨著每一下搖槳漸行漸遠。努特或許知道我心痛，但沒有表示什麼。他只是拱拱我，開開玩笑，持續保持著一種單調快活的閒談，好似整件事都不過是我們倆共同策畫的私人假期。

加爾夫站在船頭的專屬位置，滿面紅光。他高昂的興致惹人厭煩。什勒斯維希人會毫無來由地高歌起來，他們對音樂的喜好程度堪比他們歌喉的拙劣度。他扯開嗓子唱起一首韻律歌謠，一唱就是好幾小時，他那幫年輕的狗腿子也跟著咆哮，搞得人人不得安寧。

三天過後，陽光打穿髒兮兮的烏雲，在海面上撒下金屬般的光澤。日照曬出了衣服中的鹽分，讓大家乾爽又愉快。我禁不住要想，假如納多德眞如我們所想的那麼認眞，這次渡海正是召喚颱風將我們所有人像小貓一樣淹死的大好機會。但好天氣持續，海水平靜無波。

在海上，夜晚的光線比在家時少，非永晝的時節在開放的船上也比較容易入睡。努特和我在划槳處就地睡，相互配合讓彼此在板凳上能舒適點。有次我在半夜醒來，發現努特睡得死沉，嘀嘀咕咕，口水直流，還使勁抱著我。我試圖掙脫，但他人高馬大，堅實的臂膀生根似地緊緊箍住我。我對他又戳又吼，但這大塊頭就是醒不過來，於是我只好努力喬出一個不會弄痛肋骨的輕鬆姿勢，回頭睡去。

稍後，我跟他說發生了什麼事。「聽你在放屁。」他說，那張寬臉隨之泛紅。

「我也希望是，」我說，「但我身上有瘀青可以證明。嘿，要是我哪天開口要當你的甜心寶貝，幫個忙提醒我昨晚的事。」

他火冒三丈。「去死吧，哈洛德。你一點都不好笑，沒人覺得你好笑。」

「眞抱歉，」我說，「你最近大概沒什麼跟人一起過夜的經驗吧。」

他停了一下槳。「沒有又怎樣。」

多虧了滿帆順風，我們快速渡海，提早六天見到了島嶼。其中一個狗腿子率先發現陸地，一發現就令人不快地縱情長嚎戰鬥口號來告知每個人。他還拔出劍在頭上畫八字形揮舞，害得周遭的人四散走避到舷緣下。這孩子絕非善類，有張禿鷹似的臉，臉上的瘡疤比鬍子還多。我在家附近見過他，腰帶上掛著三根剁下來已發黑的大姆指。

赫坎·高斯達在船尾的位置上抬頭看著，朝那男孩狠狠瞪了一眼。赫坎參加過的燒殺擄掠比我們所有人加在一起還多。他年老體衰，之所以負責掌舵，部分是因爲他能憑著血液在手掌的流動來閱讀潮汐，也因爲那對衰老的手臂已划不太動船槳。「屁股坐回板凳上去，年輕人。」赫坎說，「還得划十二小時才會到。」

男孩臉紅了，持劍的手臂垂了下來。他看看自己的朋友，想知道自己有沒有在他們面前受辱，而如果有的話，自己又該如何回應。整艘船的人都望著他。就連加爾夫都暫停了演唱。跟他同條板凳的另一個小子低聲跟他說了什麼，隨即讓出座位。那男孩坐下接過槳，大家又繼續開始划槳閒聊。

林迪斯法恩島上那些人可以說都是蠢蛋，住在一個沒有陡峭懸崖或天然屏障保護的小島上，離我們以及瑞典跟挪威人又那麼近。在我們看來，實在沒理由不時常過來打劫一番。但當我們進入明媚的小海灣，一股靜謐籠罩了我們所有人。即便那幫毛頭小子都停止嘻笑怒罵，凝神四望。這地方滿是一片片紫色薊花，風一吹過便抽搐翻滾，像是某種奇妙動物在睡夢中聳動的毛皮。山丘上一簇簇鮮紅野花蔓生。蘋果樹在岸邊排列成行，枝枒因纍纍果實而令人不忍地低垂。可以瞧見有個男人正朝著一落白牆小屋而去，他的驢子在身後馱著貨物邁步跟隨。遠處山丘上，我可以看出修道院的輪廓，上次我們放火後燒掉的屋頂依然沒修復。那是個好地方，希望我們下船去搗毀那裡之後，還會留下些值得一覷的東西。

我們在海灘上聚集，加爾夫已經迫不及待。他做了幾個深蹲，並在大夥面前壓低擺了幾個姿勢，拉開筋骨，舒展肌肉。隨後他閉上眼默禱了一番。他的眼睛還沒睜開，一個穿長袍的男子出現，撥開草薊走下山丘。

赫坎．高斯達一隻手指從掉了顆門牙的缺口伸進嘴裡。手指拿出來後，他從缺口處啐了口唾沫，並對著山丘上朝我們走來的人影點了點頭。「老天，那渾球還真有種。」他說。

那男子徑直走到加爾夫跟前。他站在他面前，摘下兜帽。他的頭髮稀疏地貼住頭皮，變白前應該曾是金黃色。他垂垂老矣，臉上滿佈像是刀尖刻出來的紋路。

「納多德，」加爾夫說著微微點了下頭，「你大概正等著我們來。」

「絕對沒有。」納多德說。他抬手握住掛在脖子上那粗糙的木製十字架。「我也不跟你們客套，假裝這是個令人愉快的驚喜。坦白說，這裡沒剩下什麼東西好搶了，所以，這的確讓人有些費解。」

「啊哈，」加爾夫說，「難道關於冰雹，或蝗蟲之類的鬼玩意兒，或一群該死的龍飛來把每個人的老婆嚇到尿褲子，這些你都沒什麼可說的嗎？你全都一無所知是吧？」

納多德朝上攤開手掌，可憐地微笑著。「是的，很抱歉，我不知情。我們確實給溫洛克的西班牙駐軍送去了猴痘，但說實話，沒朝你們那兒送任何東西。」

加爾夫的語氣變了，聲音變得響亮和善。「呵，這太好了。」他轉向我們，抬起雙手。「嘿，大夥兒，報告個壞消息，聽起來這裡有人搞錯啦。老納多德說不是他幹的，一等他告訴我是哪個該死的傢伙在背後找我們麻煩，我們就打道回府。」

「好吧，」納多德很不自在，我瞧見他打了個冷顫，「如果你們會經過麥西亞9，我知道他們剛捉住一個叫艾瑟瑞克的人，據說是個狠角色。你知道，去年的痲瘋病大流行就是他……」

加爾夫不住微笑點頭，但納多德突然面無血色。

加爾夫的皮帶上插著把小刀，在其他男人抽菸斗或嚼種籽時，加爾夫喜歡磨那把小刀。其刀刃被打磨到如一小片指甲般薄，纖細到拿來刮仙女的屁股都不成問題。而納多德正說話時，加爾夫掏出刀，乾淨俐落地捅進了神父的肚子。瞧見鮮血灑在白色的貝殼上，所有人都湧上前，揮舞著劍大吼大叫。加爾夫沉浸在瘋狂的興奮之中，跳上跳下，吼著要每個人都安靜下來看他表演。

納多德沒死。他的內臟幾乎都流了出來，但他還在呼吸。不過他沒有呼天喊地之類的，這點值得敬佩。加爾夫蹲下將仰躺的納多德翻了個身，然後一腳踩在他腰背處。

努特就在我身旁。他嘆口氣，抬手遮住雙眼。「喔，老天呀，他又要做滴血老鷹了？」

「是啊，」我說，「看來是如此。」

加爾夫抬手示意安靜。「我知道多數老前輩都見識過這個，但有些年輕人或許還沒親眼看過。」毛頭小子們竊笑起來。「我們稱之爲滴血老鷹，你們耐心等一下就會明白——嗯，這是相當刺激的一招。」

大家退後讓加爾夫有空間施展。他將劍尖置於納多德脊椎的一側，然後傾身將劍刺了進去，小心翼翼移動劍身，嘎吱嘎吱地巧妙劃過一根根肋骨，直到劃開約一呎長的切口。他停

---

9 Mercia，中世紀時期英格蘭中部的獨立王國，與諾森布里亞同為英格蘭七國時代的主要王國之一。

下來擦去眉毛上的汗水，隨後在脊椎另一側也劃出一道平行的切口。接著他跪下將雙手伸進切口，在裡面摸索了一會兒，隨即將納多德的肺葉從切口扯了出來。肺葉隨著納多德一呼一吸而起伏擺動，看上去有點像是一對翅膀。我自己也不得不撇開頭。那場面不堪入目。

年輕人喧鬧起來，加爾夫站在那兒，指揮著如雷掌聲。隨後在他一聲令下，他們全都如猛虎出閘般朝山丘上蜂擁而去。

只有努特、赫坎、厄爾，以及我沒有跟著去。厄爾望著其他人湧向修道院，等確定沒有人回頭看時，他走到奄奄一息的納多德身旁，用斧背猛力敲向他的頭蓋骨。看到那對肺葉停止顫動，我們全都鬆了一口氣。厄爾嘆了口氣，自行祈禱起來。他說了一段葬禮禱詞，大意是他不熟悉這人的上帝，但很抱歉祂謙卑的僕人被早早送上了天，還是爲了個狗屁不通的藉口。他說自己不認識這個人，但他來生或許該享有更好的對待。

「大老遠跨海過來就爲了幹這種該死的蠢事，家裡還有一堆羊等著剪毛哩。」赫坎抱怨道。

努特微笑，瞇著眼望向天空。「天啊，天氣眞好。我們上山去看能不能弄點吃的吧。」

我們徒步到山丘上的小聚落。再過去一點，修道院所在之處，年輕小夥子們正在狂歡。他們把六七個僧侶拖了出來，吊在樹上，然後放火燒樹。

一路划船讓我們的手僵硬破皮，我們在村子中央的一口井停下腳步，濕濕手，喝口水。意外瞧見那個腰帶掛拇指的小子從一排白蠟樹中衝出來，身後拖著某個半死不活的可憐老百姓。他走到我們所站之處，任憑他的受害者癱倒在塵土飛揚的馬路上。

「眞不錯呀，」他對我們說，「你們會是很好的頭目，就這麼閒站在一旁，看其他人幹活。」

「唷，你這小雜碎。」赫坎說著反手抽了那小子一巴掌。躺在塵土中那傢伙抬頭笑了出來。那小子脹紅了臉。他從臀部的刀鞘中抽出一把匕首，捅進赫坎的肚子。有一瞬間萬籟俱寂。赫坎低頭凝視著寶紅色印跡在短袍上蔓延開來。他看上去火冒三丈。

等年輕人意識到自己做了什麼後，面露愁容，像個想要逃避挨打而裝可憐的小孩子。當赫坎乾淨俐落地一劍齊眉劈開他的腦袋時，他仍是那副表情。

赫坎擦乾淨他的劍，又瞧了瞧自己的肚子。「狗雜種。」他邊說邊用小指探測傷口，「很深。我看要命了。」

「胡說，」努特說，「躺下縫縫就行了。」

軟心腸的厄爾走向年輕小子留下的受害人，扶他起身靠在井邊，並將水桶遞給他啜飲。

馬路對面，一個乾巴巴老農夫走出屋子。他注視著修道院飄來的濃煙滾過海灣。他朝我們點點頭，我們走了過去。

「哈囉。」他說。

我也跟他問好。

他斜眼覷著我的臉。「怎麼啦？」我問他。

「抱歉，」他說，「只是覺得我認識你，沒別的。」

「有可能，去年秋天我來過這裡。」

「嗯哼，」他說，「這可新鮮了。不知道你們怎麼會想回來。上次掃蕩你們已經把所有值點錢的東西都帶走啦。」

「是啊，這個嘛，我們自己也搞不太清楚。原本是來見見你們那個納多德，看來是找錯人了，但很遺憾，他還是被解決掉了。」

那人嘆了口氣。「我是沒差。我們都得繳納什一稅來支應他的生活。我想沒了他，日子也照樣過。那你們在幹嘛，有搶到什麼好東西嗎？」

「怎麼？你那兒有什麼好搶的嗎？」

「我這兒？噢，沒有。有座還像樣的爐子，但我覺得你們扛不上船。」

「你應該沒有什麼聚寶盆之類的埋在後院吧？」

「老天爺，還眞希望我有。要有什麼聚寶盆，那我就眞的大翻身啦。」

「是啊，算了，我猜就算你有也不會說實話。」

他笑了。「這倒也是，朋友。但我想你要嘛殺了我，要嘛相信我，不管哪個選項，你都得不到好處。」他指了指赫坎，他正倚靠在努特身上，看上去相當虛弱。「看來你的朋友有了麻煩。如果不想看著他死去，何不帶他進屋？我女兒是個不得了的裁縫。」

這個名叫布魯斯的男人有間小巧舒適的屋子。我們魚貫而入。他的女兒站在爐邊，我們進門時她緊張地低呼了一聲。她一頭濃密的黑髮，瘦削的臉龐，白皙如糖——是個標緻的女孩。事實上，她太漂亮了，以至於不會馬上注意到她缺了一條手臂。我們都僵在原地，對她目不轉睛。不過可以看得出來，努特是眞的神魂顛倒了。他那個樣子，臉色發白，雙眼圓睜，好似面對著一隻野狗，而非一位美女。他雙手理著頭髮，並努力想將嘴唇上的麵包屑舔掉。

接著他點點頭，鄭重其事地說了聲：「哈囉。」

「瑪莉，」布魯斯說，「這人肚子上破了個洞，我答應要協助治療。」

瑪莉看著赫坎。「哦。」她說。她撩起他的外衣，檢視傷口。「水。」她對正在一旁觀望的厄爾說。厄爾離開要去井邊打水時，努特嫉妒地瞄著他。努特隨即清了清嗓子說：「我想幫忙。」瑪莉引他到角落一小堆洋蔥前，要他切碎。布魯斯在爐裡升起火。瑪莉將水放到爐上，並倒了些乾粥進去。臉色已變得相當蒼白的赫坎爬上了桌躺平。「我不太想喝粥。」他說。

「別擔心，」布魯斯說，「粥只是用來讓洋蔥好下肚的。」

努特彎身在一張小桌子前拼了命切洋蔥，同時不忘關注瑪莉的一舉一動。他切了又切，切開所有洋蔥後，又把已切開的重新再切一遍。最後，瑪莉看了看跟他說：「可以了，謝謝你。」努特才放下刀。

粥燒開後，瑪莉撒了幾把洋蔥進去，然後將混合物端到赫坎跟前。他警覺地看著她，但當她將木勺舉到他面前，他仍像隻雛鳥似的乖乖張開了嘴。他嚼了嚼吞下去。「不怎麼好吃。」他這麼說，但仍繼續吃。

過了一分鐘，怪事發生。瑪莉又撩起赫坎的上衣，把臉湊到傷口上嗅聞著。她停了片刻，然後又再聞了一次。

「這是在搞什麼？」我問。

「這種傷就得這樣做。」布魯斯說，「看他有沒有得粥病。」

「他沒得什麼粥病。」我說，「至少在這之前沒有。他的問題是肚子上被刀捅了個窟窿。快把這傢伙縫一縫吧。」

「要是窟窿裡有洋蔥味飄出來，那縫上也沒用。這就表示他得了粥病，沒救了。」

赫坎抬起頭。「是在說腸穿孔嗎？真不敢相信情況這麼糟。」

瑪莉又聞了聞。傷口沒有洋蔥味。她用熱水將赫坎清乾淨，並將傷口結實縫緊。赫坎用手指摸了摸縫合傷口，心滿意足，昏了過去。我們其餘五個人站在一旁，都想不出該說些什麼好。

「所以，」努特不經心地脫口，「你生來就這樣嗎？」

「哪樣？」瑪莉說。

「我是指，缺了條手臂。你生下來就這樣？」

「先生，這問題問得還眞好。」布魯斯說，「是你們的人害她變成這樣的。」

努特說了聲：「噢。」不久後他又噢了一聲，接下來大家眞想不到該說什麼了。

隨後瑪莉開了口：「不是你幹的，」她說，「但動手那傢伙，我眞想殺了他。」

努特說要是她願意告訴他是哪個傢伙，並容許他代爲復仇，那會是他的榮幸。

我說道：「我想喝一杯。厄爾，你那皮囊裡有什麼？」

他說沒裝什麼。皮囊就掛在他肩上，他伸手護住。

「我是問你有什麼喝的？」

「告訴你，哈洛德，就只是點白蘭地。但我得靠這個撐回家。海上一身濕可不能少了驅寒的東西。」

努特很高興能找到理由提高音量。「厄爾，你眞是狗雜種。我們白白在海上划了三星期，赫坎可能會死，而你連分點酒給大家嚐嚐都不願意。唉，這眞是我聽過最糟糕、最可恥的事了。」

於是厄爾打開酒囊，我們都喝了一口。酒又甜又烈，我們喝了笑，笑了又喝。赫坎醒了過來。他受的罪讓他多愁善感起來，他跟漂亮的外科大夫敬酒，又敬這美好的一天，說能活著看到這一天結束有多麼開心。布魯斯跟瑪莉放鬆下來，我們像老朋友一般閒聊。瑪莉說起住在路另一頭一個藥師的低級故事。她心情愉快，似乎不在意努特站得多麼近。看到我們這情景，沒人會相信是我們害這女孩丟了隻手臂。而八成也是基於同樣的原因，沒人問起布魯斯的老婆去了哪裡。

沒過多久，我們聽見井邊起了一陣騷動。我、努特和厄爾走到屋外。加爾夫祖露著上身，臉上、手臂上、褲子上的景況可想而知。他正抬起一桶冷水，當頭淋下，並爽快地嚎叫。粉色的血水從他身上淌落。他瞧見我們並走了過來。

「喂。」他邊說邊甩著頭髮上的水。他原地跳了跳，抖了抖，然後站直身子。「老天，真是大鬧了一番。沒搶到什麼東西，但眞他媽爽翻天了。」他揉了揉大腿，吐了幾口唾沫，然後說：「怎樣，你們殺得痛快嗎？」

「沒有，」我說，「赫坎殺了躺在那邊那個叫什麼來著的小鬼，此外沒動什麼手，我們想慢慢來。」

「嗯。那裡面呢？」他指著布魯斯的小屋問道，「誰住在那兒？你們殺了他們嗎？」

「不，沒有。」厄爾說，「他們幫忙救了赫坎的小命。似乎都是好人。」

「沒人要殺他們。」努特說。

「所以，大家都在修道院那兒囉？」我問。

「嗯，絕大多數都在。那些年輕人為某個鬼玩意起了爭執，結果互砍起來。如此一來，離開時船划起來會辛苦許多。我猜得祈求順風了。」

沉重的褐色煙霧鋪天，可以聽見隱約的尖叫聲。

「這樣吧，」加爾夫說，「我們今晚露宿這裡，如果天氣沒變壞，明天我們就殺到麥西亞，看能不能跟這個渾蛋艾瑟瑞克把事情弄清楚。」

「我不知道。」厄爾說。

「不行。」我說，「這根本是白費力氣。我家有老婆在等，還有小麥桿要打包。我死也不會跟你划船去麥西亞。」

加爾夫咬緊了牙。他看向努特。「你也是？」

努特點點頭。

「認真的？要叛變？」

「不是，」努特說，「我們只是說……」

「隨你們怎麼說，渾帳傢伙。」加爾夫吼道，「你們幾個狗雜種是想推翻我的行動？」

「聽著，加爾夫，」我說，「沒人想推翻任何人。我們只是得回家去。」

他大吼大叫，鼻子噴著氣，隨後揚起劍衝向我們。努特只好迅速閃到他身後，一把熊抱住他。我走過去一手摀住加爾夫的嘴，另一手捏住他的鼻子。過了一會兒，他開始冷靜下來。我們放開他。他站在那兒朝我們吹鬍子瞪眼，我們把刀和其他傢伙都亮了出來。最終，他收起了劍，鎮定住自己。

「好啊，行，我知道你們的意思了。」他說，「就這樣吧，我們回去。喔，忘了告訴你們，奧拉弗森找到一批藏起來的牛肉，準備燒給還存活的大家吃。想必會很美味。」

努特沒有來吃大餐。他說得留在布魯斯和瑪莉家看顧赫坎。當然全是鬼扯，赫坎都被瞧見自行跑下山，塞了大概九塊堅韌的牛排到他脆弱的肚皮中了。暮色漸暗，依然不見努特的蹤影，於是我徒步上山去布魯斯家找他。努特坐在小屋外一塊空心木上，往雜草裡扔碎石子。

「她跟我走。」他說。

「瑪莉嗎？」

他嚴肅地點點頭。「我要帶她回去做我老婆。她正在裡面和布魯斯商量。」

「這是你情我願，還是由不得她？」

努特眺望著海灣，彷彿沒有聽見問題。「她跟我走。」

我對此仔細想了想。「你確定這是個好主意嗎，帶她回去跟我們這些人一起生活，各方面都認眞考慮過了？」

他陷入沉默。「有誰敢碰她，或說任何不中聽的話，那就走著瞧，看我會怎麼對付他。」

我們坐了一會兒，望著海灘上營火中躍起的火花。溫暖的晚風帶著花朵和柴煙的香氣，我完全沉浸於寧靜之中。

我們走進布魯斯家，裡面只點著一支油脂蠟燭。瑪莉站在窗邊，僅有的一隻手臂抱著胸。布魯斯很激動，我們要進屋時，他過來堵住門口。「滾出我的家，」他說，「你們不能就這麼帶走她，我只有她了。」

努特看上去並不開心，但他還是用肩膀推開了布魯斯，讓他跌坐在地。我上前伸手按住這個老農夫，他氣得渾身發抖。

瑪莉沒有對努特伸出手，但努特攬住她往門口走時，她也沒有抗拒。她投向父親的目光滿是悲痛，但她還是順從了。就只剩下一條手臂，她還能怎麼辦？哪個男人還會要她？

他們背向我們時，布魯斯從桌上抄起一支錐子，朝努特撲去。我攔在他身前，朝他臉上砸了張椅子，但他仍不住手，胡亂抓搶著我的劍，想抓住任何用得上的東西來阻止女兒離去。我只好抱住他，掏出刀子貼上他的臉頰。刀像馬銜一樣抵著他，隨即他就不想動了。當我放開他起身時，他正靜靜地哭泣。走的時候，他朝我扔了什麼，將燭火打滅了。

或許你會覺得這是件好事，努特找到了一個可以愛的女人，即便她未必能回應這份愛，但假以時日，她起碼會對他生出相去不遠的情感。只是你會怎麼看回航那趟旅程呢？那時海上平靜無風，我們花了漫長的五個星期才終於回到家。努特一路幾乎沒開過口，只是將瑪莉護在身邊，試圖讓她在我們所有人，他的朋友間，感到寬心與安全。他不肯正視我，獨自承受著擁有某樣你無法失去的東西伴隨而來的巨大恐懼。

那次旅程後，一切都變了。在我看來，我們全都告別了人生中輕鬆愉快的時光，直往深淵而去。回來後不久，加爾夫腳上的傷口中爬出了隻蟲子，不得不放棄燒殺擄掠。努特和瑪莉轉爲全天候務農，我見他的機會少了，只是要喝杯酒敘敘舊都變成得提前兩周計畫的麻煩事。而當我們眞的聚在一起時，他會跟我說說笑笑，但你看得出他心有旁騖。他得到想要的了，卻似乎沒有很開心，反而憂慮不已。

那時我不太理解努特究竟經歷了什麼，但在琵拉和我有了一對雙胞胎，組織起一個家庭之後，我開始明白愛能有多麼可怕。你會情願恨自己所愛的那些人，恨你的妻子與兒女，因爲你很清楚這世界會如何對待他們，因爲你自己曾親手做過同樣的事。這使人發狂，然而你只能盡一切所能緊抓住他們不放，並閉上眼睛對其他事視而不見。可是你依然會在夜半驚醒，躺在床上側耳傾聽著船槳的咯吱聲與水花聲、鐵器碰撞的噹啷聲、有人朝向你家進發而來的一切聲響。

國家圖書館出版品預行編目 (CIP) 資料

一切破碎，一切成灰 / 威爾斯．陶爾 (Wells Tower) 作 ；
劉霽選書翻譯．— 初版．— 臺北市 ：一人，2019.07
面 ； 13x20 公分
譯自 ：Everything ravaged,everything burned
ISBN 978-986-92781-8-8 (平裝)

874.57 **108007638**

一切破碎，一切成灰

Everything Ravaged, Everything Burned

作　　者：威爾斯．陶爾 Wells Tower

選書翻譯：劉 霽

編　　輯：劉 霽

設　　計：賴佳韋工作室

出版：一人出版社

地址：臺北市南京東路一段二十五號十樓之四

電話：(02)2537-2497

傳眞：(02)2537-4409

網址：Alonepublishing.blogspot.com

信箱：Alonepublishing@gmail.com

總經銷：聯合發行股份有限公司

電話：(02)2917-8022

傳眞：(02)2915-6275

二〇一九年七月　初版

定價新台幣四〇〇元

EVERYTHING RAVAGED, EVERYTHING BURNED：Stories by Wells Tower

Published by arrangement with Farrar, Straus and Giroux, New York.